# Under Täckmantel med en Ranger

## Högoktanig romantisk spänning – elitsoldater, fara och kärlek

### Caitlyn Lynch

Shenanigans Press

# INNEHÅLLSFÖRTECKNING

# Kapitel ett

Det torra knallet från ett kraftigt prickskyttegevär ekade över de låga, böljande kullarna. Inga fåglar skrämdes upp ur tallarna. De hade vant sig vid oljudet nu.

Glas krossades; en av en rad ölflaskor som balanserade på en träregel stöttad mellan två oljefat.

Liggande på mage på en låg kulle trehundra yards bort väste Drew Murphy ut en frustrerad suck. Han flyttade sig bort från Barrett-prickskyttegeväret som vilade på sitt stativ, rullade över på rygg i jorden och blängde upp mot himlen, blinkade hårt. Synen på högerögat förblev envist suddig.

Telefonen vibrerade i fickan och fick honom att rycka till. Det hade gått veckor sedan han fick ett samtal eller ett meddelande, han bar den mest av vana. Han fiskade upp den, höll den framför sig och kisade mot skärmen.

*Bra skott.*

Förvånad rullade han över och kikade tillbaka mot räcket med flaskorna. En figur dök upp bakom den lilla stugan strax till höger, promenerade bort till räcket och inspekterade glassplittret bakom, innan han vände sig åt Drews håll och vinkade.

"Vem fan är det där?" Drews första instinkt var att gripa efter geväret och kikarsiktet, men han hejdade sig och famlade efter kikaren i stället. Ett par sekunder senare kom figuren som inspekterade flaskorna i skarp fokus. "Jag känner igen dig", viskade Drew, men mannens namn kom inte. En av hans kollegor i Rangers... *tidigare* kollega i Rangers, rättade han sig själv, med den huggande känslan i magen som kom varje gång han tänkte det.

*Vad vill du?* skrev han tillbaka till det okända numret.

*Snacka öga mot öga. Jag tog med nya ölflaskor. Fulla.*

Drew var frestad att säga åt mannen att dra åt helvete, men han var faktiskt slut på öl och hade funderat på om han orkade köra de tre milen tur och retur till stan för att hämta mer. Lite sällskap av en före detta stridskamrat var inget högt pris för att slippa ta turen på en dag eller två, åtminstone så länge killen inte tänkte stanna länge.

*Jag kommer ner strax,* skrev han tillbaka och började plocka isär och noggrant packa ner geväret.

Under den korta promenaden ner till stugan som hade varit hans hem de senaste sex månaderna kom han på namnet på den andre Ranger-soldaten.

*Hunter. Löjtnant Hunter. Han lämnade regementet före mig; stack ner till Guàlize med kapten MacAulay.*

*Vad fan gör han här uppe i Idaho?*

Jason Hunter såg med intresse på den långe, senige mannen som kom gående nerför sluttningen. Han hade inte känt fanjunkare Murphy särskilt väl – Drew Murphy var prickskytt, och de brukade vara ensamma typer – men av allt han hade hört var Murphy elit även bland Rangers, fyrfaldig vinnare av deras årliga prickskyttetävling. Murphy var mannen som högsta hönsen skickade in när målet absolut, utan minsta tvekan, måste tas ner.

Fram tills han hamnade mitt i ett krogslagsmål, när han försökte lugna ner några unga rekryter som rök ihop om ingenting, och någon tryckte en krossad flaska i hans högra öga.

Jasons tidigare befälhavare hade skickat honom det medicinska utlåtandet som gav Murphy hans avsked. Ögat hade sytts ihop av arméns kirurger – Jason rös bara av att tänka på det – men skadorna var betydande. Murphy hade mindre än 20% syn kvar på det ögat, och det var hans dominanta öga.

Murphy hade tagit det erbjudna medicinska avskedet och försvunnit från radarn, tydligen hamnat här och levde ett ganska enkelt liv och försökte lära sig skjuta på nytt. Jason kunde knappt tro att Murphy hade lyckats träna om sig till att använda vänsterögat i siktet, men glassplittret på marken bakom räcket var ett ganska övertygande bevis.

"Snyggt skott", sa han högt när Murphy trampade upp de sista stegen till stugan.

"Jag missade", sa Murphy kort. "Jag siktade på flaskan längst ut till vänster. Träffade den tredje i raden. Missade med en jävla fot." Hans högra öga bar spår av traumat nu när Jason var nära. Rosatonade ärr nedanför på kinden, och iris såg grådisig ut, till skillnad från den klara blå färgen i vänsterögat. Han hade odlat ett rufsigt skägg de senaste månaderna och huden såg solbränd och härdad ut, som om han tillbringade mycket tid ute.

”Det är nog bäst att du kommer in, löjtnant”, sa Murphy till slut och gestikulerade mot stugdörren.

Jason följde efter uppför de rangliga två stegen och in, kastade en blick runt och tog in rummet med en snabb överblick. Inuti var det inte lika nedgånget som det såg ut utifrån; möbleringen var sparsam men i hyggligt skick, en stor vävd matta täckte det mesta av trägolvet.

Murphy lade försiktigt ner gevärsfodralet på det lilla bordet framför det enda fönstret, nickade åt Jason att ta en av de två stolarna. ”Du sa något om öl?” frågade han, med en skymt av ett leende över ansiktet.

Jason slängde ner ryggsäcken från axeln, ställde den på golvet vid fötterna och fiskade upp två sexpack.

Murphy formade läpparna till en tyst vissling. ”Europeisk. Svårt att få tag på här omkring, och inte billigt. Du måste vilja något mer än att snacka, löjtnant.”

”Du kan sluta kalla mig det. Jag är inte i Rangers längre.”

”Det minns jag.” Murphy sträckte sig efter en av ölen, knäppte av kapsylen och tog en lång klunk. ”Men jag är inte intresserad av ett jobb i Guàlize. Har fått nog av att traska runt i djungler, tack.”

”Det är inget jag erbjuder.” Jason log. ”Jobbar inte där själv längre, faktiskt. Jag är här uppe nu.” Han tog fram ett läderfodral med brickan ur fickan och sköt det över bordet.

”Sheriff i Woodvale?” Murphys ögonbryn höjdes när han såg på brickan. ”Det är inte långt härifrån. Det där är säkert en intressant historia.”

”Jag gissar att du inte hänger med i nyheterna så mycket”, sa Jason torrt. ”Kort sagt: jag kom hem för att besöka min döende gammelfaster, upptäckte att hennes son var en seriemördande psykopat och att sheriffen var med i en människojaktsliga med honom."

Murphy stirrade på honom med öppen mun.

"Det är faktiskt en väldigt intressant historia, men det är inte därför jag är här. Du kan läsa på själv. Jag är här för att jag har ett problem och jag tror du kan hjälpa mig."

Även om Hunter sa att han skulle fatta sig kort tog det honom en bra halvtimme att fylla på med tillräckligt med detaljer för att Drew skulle börja få bilden klar för sig. Det verkade som hela länets sheriffavdelning hade blivit avstängd, flera satt i fängelse och resten genomlystes ordentligt av FBI för att se om de hade någon kännedom om eller delaktighet i Manhunternas brott.

"Så du driver sheriffens avdelning på en vinge och en bön?" frågade Drew, ungefär halvvägs ner i den tredje ölen.

"Och med en massa inlånade poliser från andra delstater och myndigheter, och några pensionerade Rangers som hörde om mitt problem och i stort sett anmälde sig själva. Japp."

"Och du tittar på mig som en av de där pensionerade Rangers och bestämmer dig för att om jag inte tänker anmäla mig själv, så ska du rekrytera mig?"

Hunter flinade, tog en klunk ur sin egen öl – han hade bara öppnat en och snålade på den. "I princip. Japp. Du verkar ju redan bo här. Och som jag ser det har du surmulet ältat ditt öga tillräckligt länge."

"Surmulet!" Drew såg rött och slog ner flaskan i bordet.

”Ja.” Hunters blick vek inte undan. ”Vi har båda känt många män som aldrig tog sig hem alls, eller kom hem med betydligt fler delar borta än du. Jag har två på stationen som saknar ett ben. Så du kan inte träffa en dime på en halv mil längre. Du är fortfarande en bättre skytt än de flesta som försöker fälla en hjort. Sluta sitta här och tycka synd om dig själv och försöka få tillbaka något som inte kommer göra dig någon nytta ens om du lyckas.”

”Du är en usel terapeut, Hunter”, sa Drew när han fick tillbaka andan.

Hunters leende var snett. ”Förlåt, mannen.”

”Det är lugnt. Jag kan respektera en rak skytt. Du säger det som du ser det.”

”Så.” Hunter tog en klunk till, ögonen vaksamma. ”Är du intresserad?”

Det var länge sedan Drew faktiskt kände något annat än frustration och likgiltighet. Biträdande sheriff i ett litet county i norra Idaho var ingen livsbana han hade sett framför sig, men han kände hur intresset vaknade vid tanken.

”Kanske. När vill du att jag börjar?”

# KAPITEL TVÅ

HUNTER LOG BRETT, MED segern på känn. Murphy lutade sig bak i stolen i ett försök att verka nonchalant, men rösten avslöjade hans intresse.

”Grejen är så här. Jag tänker inte ljuga och säga att jag inte skulle kunna använda dig med en bricka, ute på patrull. Men.”

Murphy höjde på ögonbrynen och övergav försöket att se avslappnad ut. ”Men?”

”Jag har jobbat ganska tätt med FBI, av uppenbara skäl. Men det är en hel alfabetssoppa av myndigheter här uppe som jobbar med annat. Några miliser som finns på regeringens radar. Oroande mängder opiater i omlopp i området. Och ett särskilt mc-gäng som vi vet med säkerhet håller på med skit, men vi kan inte fästa något på dem. The Pure Brethren.”

Murphy rynkade pannan. ”Var inte det en gammal islamisk sekt?”

”The Brethren of Purity, ja. Men de här killarna är... inte det.”

”Jag gissar att de lutar mer åt Aryan Brotherhood-ideologi?”

”Korrekt.”

”Usch.” Murphy grimaserade som om han smakat något riktigt äckligt och öppnade handen i en gest som bad Jason fortsätta.

”Det visar sig att du har en koppling till Brethren.”

”Ursäkta? Jag har fan aldrig hört talas om de här pajasarna!”

Jason höll upp händerna i en fredsgest. ”Jag vet. Men du ärvde den här stugan av din kusin Jacob Murphy, eller hur?”

Murphy stelnade till. ”Nej. Jag kände knappt Jacob. Han testamenterade stugan till vår gemensamma mormor, som bor på ett äldreboende i Coeur d'Alene. Hon skrev genast över den på mig.”

”Kom lägligt, några veckor före din skada”, konstaterade Jason. ”Gav dig en tillflyktsort.”

”Kom till saken.”

”Din kusin dödades i en skottlossning i Calgary under en förhandling som uppenbarligen gick snett. En förhandling om en knarkaffär”, förtydligade Jason. ”Han var medlem i Brethren. Inte vilken medlem som helst; deras sergeant-at-arms.”

Murphy svor lågt. ”Jag visste att Jacob var ett rövhål. Han har alltid varit familjens svarta får. Visste inte att han höll på med skumma grejer.”

”Ledsen att behöva komma med dåliga nyheter.” Hunter lät honom sitta med det en stund.

”Det förklarar Harleyn under presenningen i ladan”, muttrade Murphy.

"Förklarar även ladan. Eller märkte du inte att den är rätt ny och påkostad? Och din kusin hade varken boskap eller maskiner att ställa där? Brethren använde den som lagerlokal, eller en uppsamlingsplats, det ena eller det andra."

"Vill du att jag går med i dem och på något sätt tar vid där min kusin slutade? Jag fattar inte hur det ska funka. Jag sa ju, Jacob och jag kände knappt varandra. Av uppenbara skäl, nu. Han tyckte jag var präktig och jag hade spöat skiten ur honom om jag vetat om det här Pure Brethren-tramset, för att inte tala om drogerna eller vad det nu är."

"*Eller vad det nu är* spelar också in", höll Hunter med och log snett när Murphy stönade. "Av uppenbara skäl är DEA intresserade. Men det verkar som att medan Brethren kör ner droger från Kanada, kör de vapen åt andra hållet, så ATF är också inblandade."

"Men för i helvete", sa Murphy uttrycksfullt.

"Och eftersom Brethren inte verkar kunna låta bli att ha fingrarna i varje smutsig syltburk de hittar, kan det förekomma lite människohandel också, därav FBI:s intresse. Och därför är jag här. Jag har jobbat ganska tätt med FBI. Områdeschefen, Special Agent in Charge, Agent Carruthers, bad mig kontakta dig på grund av vår gemensamma bakgrund i Rangers, och hon gav mig klartecken att vara helt uppriktig. Det har hänt en hel del skit här. Den senaste agenten FBI försökte plantera undercover i Brethren dök upp i min farbrors bengrop. Eller delar av honom, i alla fall."

Drew hade ingen aning om vad han skulle säga om det avslöjandet. Uppenbart var att Hunter varnade honom för att det kunde gå käpprätt åt helvete väldigt snabbt om han tog uppdraget.

”Jobbade din farbror med Brethren?” vågade han försiktigt.

”Möjligen. Den förre sheriffen tittade åt andra hållet åtminstone större delen av tiden. Han lever, men pratar inte. Han inväntar fortfarande rättegång. Ärligt talat finns det inget avtal i världen som skulle få honom att slippa dödsstraff, men Idaho har bara verkställt tre avrättningar sedan 1976. McCarthy kommer att dö av ålderdom i fängelse, och det vet han. Han kommer inte prata.”

”Så den informationen får vi inte.”

”Inte från honom. FBI jobbar fortfarande igenom resten av avdelningen och försöker lista ut vem som vet vad, men många följde bara order som dumma får. McCarthy sa att Brethren var laglydiga, gänget såg till att inte ställa till bråk innanför countylinjerna.” Hunter ryckte på axlarna.

”En död FBI-agent säger något annat, men okej. Vad mer? Om ATF och DEA också är inblandade, har de folk på plats?”

”Två DEA-agenter har placerats in de senaste tre åren; en av dem omkom tragiskt i en krasch på motorvägen sent en natt. Den andra föll utför en klippa i en vandringsolycka.” Jasons cyniska ton gjorde det tydligt att han inte trodde att någon av dödsfallen var olyckor. ”Ingen av dem satt inne undercover längre än en månad, de kom aldrig längre än till prövotidsmedlem och fick aldrig fram någon riktig information. ATF hade faktiskt bättre tur. De fick in en kille hela vägen till fullvärdig medlem. Ungefär en vecka senare, den där skottlossningen där din kusin dog? Jacob sa till agenten att han visste att han var ATF. Det var en fälla ämnad för agenten och med ren tur lyckades han fälla din kusin och ta sig därifrån med livet i behåll."

Drew skakade på huvudet, oförstående. "Visste de att han var ATF, specifikt? Eller anklagade de honom bara för att vara federale?"

"ATF, specifikt, vilket fick spindelsinnet att pirra." Hunter nickade mot honom, och erkände att det var en relevant fråga. "Särskilt eftersom det bara var några dagar efter att ATF hade delat information med de andra myndigheterna om att de hade en kille på insidan."

Drew pustade ut genom kinderna. "Det finns en mullvad." Det var den enda logiska slutsatsen.

"Antingen på DEA eller FBI. SAC Carruthers säger att de har ringat in det så långt men inte kan komma längre just nu. ATF har kapat underrättelselänkarna i operationen och kör solo."

"Kan inte klandra dem." Drew log snett medan han funderade. "Jag vet inte", sa han till slut. "Om Jacob någonsin nämnde mig för Brethren, kommer de att veta att jag inte ställer mig på rad med dem ideologiskt."

"Det är det intressanta, faktiskt." Hunter log segervisst, som om han visste att han satt på ett vinnande kort. "Din kusin pratade om dig med Brethren. Snackade upp dig. Rangerhjälte med en Bronze Star och en Purple Heart, allt det där. Lät aldrig påskina att du och han inte var så där." Han korsade fingrarna och kysste fingertopparna.

"Det här fick du från ATF-killen", gissade Drew.

"Japp. Av uppenbara skäl hänger han inte kvar här – vilken medlem i Brethren som helst skulle döda honom på fläcken – men jag flög ner till Houston där han blivit omplacerad och träffade honom. SAC Carruthers gick i god för mig hos ATF, och de har gett mig, och *bara* mig, ytterligare en uppgift. De har en annan agent på plats. Ingen gängmedlem, men tillräckligt nära för att observera mycket av deras interaktioner. Om du väljer att gå in, kommer den här agenten att ta kontakt med dig och fungera som din kanal för all information du behöver föra vidare, samtidigt som hen är din backup om du behöver agera snabbt, eller bryta och sticka."

Det lät faktiskt bra. Alla trodde att prickskyttar var solooperatörer, men sanningen var att en prickskytt sällan verkade ute i fält utan en spanare som vaktade ryggen. En ATF-agent redan på plats, som kunde terrängen, lät som så bra stöd som han kunde be om, bortsett från en annan Ranger.

Drew öppnade munnen för att ställa en fråga, men ångrade sig och stängde den igen.

"Vad?" frågade Hunter.

"Jag tänkte fråga om jag kunde få träffa ATF-agenten som tvingades dra, men när jag tänker efter är det nog bättre att jag låter bli. Jag vill inte råka försäga mig om något jag inte borde veta. Bättre att jag går in blind. Lista ut vem som är vem och hur marken ligger själv."

Hunter gjorde en äcklad min. "Inte så vi tränades att jobba. All intel är bättre än ingen."

"Kanske inte om man ska leva och andas en undercoveridentitet. Jag går in som mig själv, men jag borde inte veta något som Jacob inte skulle ha sagt till mig. Var man hittar dem. Vem som är boss. Sånt. Jag måste kunna ställa dumma frågor om jag ska verka legit, annars fattar de att jag vet saker jag inte borde."

”Jag fattar.” Hunter nickade långsamt. ”Vad sägs om att jag snackar med ATF-agenten? Får honom att skriva en snabb brief åt dig. Sånt som din kusin skulle ha kunnat berätta om Brethren, om ni hade varit på god fot.”

”Det funkar.” Drew nickade instämmande.

”Så är det ett ja... du tar jobbet?”

”Låt mig kolla. Vem jobbar jag faktiskt för?”

”Vem som skriver lönecheckarna, menar du?” Hunter log.

”Bryr mig inte så mycket om lönecheckarna, om jag ska vara ärlig.” Drew ryckte på axlarna. ”Jag fick en bra utbetalning från armén, eftersom jag tekniskt sett skadades i tjänst, även om det inte var på slagfältet. Jag lever rätt enkelt. Har ingen annan som ska ärva efter mig än mormor, som redan försöker lasta över allt hon äger på mig. Jag vill bara veta vem som är i min befälslinje.”

”Mig. Du kan betrakta dig som officiellt förordnad. Jag måste hålla dig utanför rullorna av uppenbara skäl – om Brethren har någon på DEA eller FBI kan de mycket väl ha någon som kollar namnen på min lönelista eller varifrån pengar som går in på ditt bankkonto kommer – men vi kommer överens om en lönesats och den sätts in på ett spärrat konto tills du är ute. Deal?”

Drew såg på Hunters utsträckta hand. Han vägde alternativen. Sitta här och gräma sig, försöka bli den han varit före det där slagsmålet på baren – och till vad? Det var inte som att han kunde gå tillbaka till Rangers. Hunter erbjöd ett uppdrag. Och inte bara det, utan en chans att gottgöra en del av skadan hans vidriga kusin uppenbarligen orsakat.

”Vi har en deal.” Han sträckte ut handen och grep Hunters. ”När går jag in?”

”När du vill. Jag fixar den där briefen från ATF-agenten och sen lämnar jag det i dina händer. Jag säger till Carruthers att jag har skickat in dig, och till hennes motsvarighet på ATF som kör agenten som fortfarande är på plats, men det är allt. Vi håller det hårt – och hoppas att mullvaden inte får nys om vad som pågår. Om du vid något tillfälle tror att din täckning kan vara röjd, spring och se dig inte om. Jag vill ha ut dig därifrån levande när det här är över.”

”Jag fattar.” Han ville inte dö heller. Det hade funnits stunder under karriären i Rangers när han varit nära – den där Purple Hearten var för en kula som fortfarande skramlade runt i hans bukhåla någonstans – men inte ens under sin mörkaste dag, dagen då kirurgerna sagt att synen på högerögat aldrig skulle bli bättre, hade Drew sökt döden. Han ville överleva det här.

För att göra något gott.

# Kapitel tre

”Två cheeseburgartallrikar, en hel rack med revben och en Caesarsallad, extra kyckling.” Liane Hagerty ställde ner tallrikarna på bordet, log mekaniskt mot sällskapet som utbrast belåtet över de generösa portionerna, och gick tillbaka till baren, där flera stammisar väntade på att hon skulle hälla upp deras öl. Klockan var några minuter över tolv en onsdag, och killen som brukade sköta lunchserveringen åt henne var sen, så hon fick dra dubbelpass med att springa mat från köket och hälla upp drinkar.

”Förlåt, chefen!” Merrick kom inspringande i samma ögonblick, slet av sig jackan och hängde upp den på kroken bakom baren. Liane ägnade honom inte ens en blick.

”Tvätta händerna och sätt igång”, befallde hon kort. ”Vi har fullt upp i dag.”

”Japp, förlåt att jag är sen, bilen ville inte starta. Fick väcka morsan och be henne skjutsa mig.”

Liane erkände ursäkten med en nick. Merrick var inte så värst sen, men att driva en vägkrog med liten personalstyrka innebar en tung extra börda när någon inte drog sitt strå till stacken. Merrick var en hygglig kille. Han skulle fixa bilen och inte komma för sent igen i första taget.

Motorcyklar mullrade där ute, och Liane drog ett djupt andetag. Flera av stammisarna som stod vid baren stelnade till, innan de gled därifrån och satte sig vid borden, med blicken noggrant avvänd från dörren och de män som klev in som om det var de, och inte Liane, som ägde stället.

"God eftermiddag, mina herrar", sa Liane jovialiskt. "Ert vanliga bord är redo."

"Ingen annan skulle våga ta det", svarade mannen i spetsen för gänget, med ett snett leende. Han var inte särskilt lång, men bredaxlad och kraftig, med mörkt hår och skägg tätt bestrött av grå strån. Hans ögon var platta och livlösa. Gängmedlemmarna kallade honom Bull. Liane visste inte om det var hans riktiga namn eller inte. Hon kallade honom också Bull, om hon måste tala direkt till honom, vilket hon helst undvek. Det smutsiga tygmärket på bröstet av hans läderväst sa "President".

Hon såg på när de sju männen självsäkert tog sig över till långbordet vid fondväggen i restaurangen, det vid det stora fönstret som vette mot bäcken som rann ner till sjön en knapp kilometer bort, medan hennes händer arbetade med att samla ihop ölflaskor, öppna dem och ställa dem på brickan som Merrick redan väntade på att få bära iväg.

Ingen lät Brethren vänta.

Ingen var dum nog att protestera när Merrick stannade vid deras bord för att ta deras matbeställningar heller, eller när han la in beställningen först i kön in till köket. Till och med de där två-tre turistsällskapen som svängt av motorvägen för att äta lunch antingen före eller efter gränspassagen var tillräckligt kloka för att fatta att alfahannarna just klev in i lyan.

Vägkrogen var välbesökt i dag, med fler som klev in och letade bord, men borden närmast Brethren stod tomma, och Merrick styrde folk till mer avlägsna bord allteftersom de kom. Det var en outtalad överenskommelse att de där borden bara användes om krogen var så full att det inte fanns något annat alternativ.

Det fanns många outtalade överenskommelser mellan Liane och Brethren. Eller mestadels outtalade, i alla fall. När Liane och hennes man Eric hade köpt stället – innan Eric drog i väg med en servitris som var hälften så gammal som han själv och lämnade Liane att driva det ensam – hade de haft ett långt samtal med Bull. Det passade Bull att ha vägkrogen som klubbens stamhak, ett ställe där de fick bra mat och uppassande service. Det passade verkligen verksamheten också att ha flera hungriga män som regelbundet åt och drack där, och Bull hade inte för en sekund föreslagit att de skulle betala mindre än fullpris.

Eric och Liane hade dock insisterat på en sak. Brethren behövde hålla sin "business" utanför lokalerna. Deras blotta närvaro var tillräckligt avskräckande, och det var den fasta kundkretsen som skulle hålla krogen flytande. Allt kriminellt som hände där kunde också betyda dödsstöten för deras utskänkningstillstånd, vilket skulle stänga krogen ännu snabbare.

Bull hade inte gillat villkoret. Han hade försökt tänja på gränserna mer än en gång, särskilt efter att Eric hade lämnat och Liane blivit kvar som chef. Två gånger hade hon gått fram till honom medan han satt i möte med en främling med andra klubbmärken och rakt på sak sagt åt honom att ta det ut på parkeringen. Hon trodde att han respekterade henne för det, och det var flera månader sedan sist nu.

Liane suckade inombords när en av bikerna reste sig från bordet och kom lufsande bort till baren, lutade sig mot den och flexade sina tatuerade biceps demonstrativt.

"Redan slut på ölen, Gerry?" frågade hon med neutral ton.

"Ville bara säga att du ser jävligt bra ut i dag."

Hon dolde inte sin himlande blick, och såg hur en dyster min drog in över hans ansikte som ett åskmoln.

"Har du inte hört? Man ska inte flirta med kvinnor när de jobbar. De kan inte vara otrevliga av rädsla för att förlora jobbet."

"Du är chefen. Ingen kommer sparka dig."

"Jag försöker bara dressera dig till lite civiliserade vanor. Gå och sätt dig, Gerry. Jag vet att andra vill ha något att dricka, och ingen kommer fram till baren när du står här." Hon mjuknade i tonen, lät lite av den sydstatssötma hon ägnat år åt att träna bort sippra tillbaka. "Kolla, Merrick kommer ut med er mat. Tog du revbenen i dag? Ada slog i Jack i såsen med generös hand tidigare."

Gerry grymtade, lät blicken åka upp och ner över henne med oblyg lust, men vände om och gick tillbaka till sin plats, och grymtade ett tack till Merrick när ynglingen ställde ner hans tallrik.

Liane drog en tystad suck av lättnad över att hon ännu en gång lyckats parera Gerrys grovkorniga flirtförsök. En vacker dag var hon rätt säker på att han inte skulle ta ett nej, och hon skulle bli tvungen att antingen vädja till Bull eller sätta Gerry på plats. Hon tog helst inte till det senare.

Vägkrogen höll öppet varje dag från elva på förmiddagen till elva på kvällen, även om köket stängde klockan åtta. Liane var slutkörd när hon till sist var klar med städningen, med hjälp av den biträdande bartendern som jobbade kvällar, och begav sig upp till lägenheten ovanför krogen där hon bodde.

Inte ens efter en dusch och en måltid bestående av lite rester som Ada, kocken, hade lagt upp åt henne, kunde Liane dock gå och lägga sig.

För nu började hennes riktiga jobb.

Hon plockade upp telefonen, sjönk ner i den nedsuttna soffan, placerade fingrarna noggrant och tryckte samtidigt på tre ikoner på hemskärmen. Appen som öppnade hörde dock inte till något av de populära sociala medier vars ikoner hon just hade tryckt på. Det var en meddelandeapp, en som inte skulle synas som installerad på telefonen hur mycket någon än letade. En med bara en enda kontakt och en enda meddelandetråd.

*Hur var dagens skörd?* skrev Liane.

*Inget av särskilt intresse,* kom svaret omedelbart. Det satt en känslig riktningsmikrofon i armaturen direkt ovanför Brethrens bord där nere, vars upptagning lyssnades på i realtid på det lokala ATF-kontoret. Och det var inte den enda mikrofonen på platsen; det fanns två ute på området på parkeringen där Brethren parkerade sina motorcyklar och där de alltid gick för att sköta sin "business" utanför baren.

*Har lite nyheter åt dig,* dök ett nytt meddelande upp. *En ny infiltratör kommer in.*

"Åh, helvete heller", sa Liane högt, innan hon skrev in det i appen, utan att bry sig om vad chefen skulle tycka om hennes språk. *Jag får fram infon. Vi behöver inte ännu en död DEA- eller FBI-agent. Låt mig sköta det.*

*Inte upp till mig. Han är redan briefad och kommer snart. Han är ingen federal. Han är sheriffens deputy.*

"En civilist!" Liane nästan skrek det, och tummarna flög över skärmen medan hon skrev. *Nej. Han kommer att bli dödad. Och jag med. Vet han något om mig?*

*Han vet att det finns en agent på plats men inte vem. Han är före detta armén; inte civilist. Ta kontakt när du bedömer att tiden är rätt. Du blir hans infokanal. Er kodfras är 'Jag tror grönt skulle passa dig bättre'. Han svarar 'Själv är jag svag för blått'.*

Det var redan i rullning, insåg Liane dystert, och hon hade inte minsta chans att stoppa det. Allt hon kunde göra var att dubbelkolla sina flyktplan om allt gick åt helvete. *När?* skrev hon.

*Inom några dagar. Har ingen exakt tidsram.*

*Det här är skitsnack och jag är inte glad.*

*Noterat, men du vet att jag aldrig varit glad över att du är där inne helt ensam. Den här killen har en verklig chans, L. Han är Jacob Murphys kusin.*

Hennes ögonbryn flög nästan upp i taket vid den nyheten. *Och han är rakryggad?*

*Spikrak.*

Hon var inte säker på att hon trodde på det. Jacob Murphy hade varit Bulls högra hand, insyltad i varenda bit av Brethrens business upp över öronen. Den enda saknade hon hade med hans död var att Gerry hade blivit befordrad till Jacobs tidigare position som sergeant-at-arms, och verkade tycka att det gav honom nog med auktoritet för att testa gränserna mot henne. I övrigt var Jacob Murphys död en nettovinst för mänskligheten, enligt henne, och hon kunde inte se att någon kusin till honom skulle vara en särskilt fin människa.

*Vi får se om han blir accepterad. Bull är skitmisstänksam nuförtiden. Jag tar kontakt om han tar sig förbi första veckan.*

*Uppfattat.*

När hon stängde ner appen suckade Liane och hävde sig upp ur soffan, på väg mot sängen och förhoppningsvis några timmars ostörd sömn innan hon måste upp. Det skulle komma en ölleverans klockan nio på morgonen.

Hon hade på något sätt aldrig riktigt föreställt sig att gå med i ATF skulle leda till att hon drev en vägkrog och gjorde en lönsam affär av det, men nu hade hon varit här i ett år och hållit Brethren under uppsikt från så nära håll man kunde utan att faktiskt vara medlem. Både hennes "man" och den "servitris" han påstås ha dragit i väg med hade förstås varit andra agenter, hela scenariot noggrant regisserat för att lämna henne kvar med så lite misstanke riktad mot sig som möjligt, och det hade fungerat. Hon uppträdde taggig, kaxig, hård och till och med bitchig, och bikers respekterade henne för det, släppte garden i hennes närvaro.

Till och med beslutet att sätta ner foten och förbjuda klubben att sköta business i vägkrogen, ett beslut hon ifrågasatt i början, hade varit ett taktiskt genidrag. Ingen undercoveragent skulle göra en sådan sak, hade de faktiskt enats om i ett samtal som mikrofonen snappade upp en dag. En sådan agent skulle vilja ha dem där hon kunde hålla ögonen på dem.

Brethren hade förstås ingen aning om mikrofonerna på parkeringen. De lydde fogligt hennes regel och ATF lyssnade ändå på vartenda ord de sa på sina "affärsmöten".

Problemet var att Brethren mycket väl visste att flera olika federala myndigheter var djupt inne i deras affärer, och

Bull var en paranoid jävel. Allt sades i vaga omskrivningar och kod, och den information ATF samlat in hittills var inte tillräckligt väsentlig för att de skulle riskera att Liane blev avslöjad genom att agera på den. De behövde "bevisen", och det verkade som att högsta hönsen började bli otåliga.

När hon kröp ner i sängen dunkade Liane sin tunna kudde ett par gånger i frustration och tänkte att hon verkligen borde unna sig en ny. Hon höll sina kvarter ganska enkla; vägkrogen gick inte direkt med enorm vinst, och flärd passade inte ihop med den persona hon projicerade, även om hennes personliga smak hade dragit åt det hållet, men en ny kudde kunde hon banne mig unna sig.

Kanske skulle den här nya undercovern – snut, påminde hon sig, killen var en deputysheriff, inte en agent – äntligen hjälpa henne att spränga fallet vidöppet och fälla Brethren.

Även om han blev dödad och hon lyckades lägga det på Brethren, skulle det duga, somnade hon ifrån att tänka. Hon väntade sig inte så mycket mer än så av någon som var kusin till Jacob Murphy.

# KAPITEL FYRA

LJUDET AV REGN SOM började smattra där ute fick Liane att rynka på näsan och dra på munnen, samtidigt som hon serverade drinkar helt på autopilot. Regnet betydde att Brethren troligen inte skulle dyka upp i dag och gladeligen lägga ett par hundra dollar på mat och öl.

En motorcykelmotor mullrade hest där ute, som för att motsäga hennes tanke, men bara en; Liane rynkade pannan när den tystnade och det blev stilla. En sak hon hade lärt sig under året sedan hon tog över roadhouset var att Brethren aldrig, aldrig körde ensamma.

En lång gestalt skuggade dörren kort innan han klev in, drog av sig hjälmen när han passerade tröskeln och kilade den under armen. Han bar svarta läderkläder; byxor och en tung jacka, och när han vände sig om för att överblicka rummet såg hon att det inte fanns någon symbol på jackans rygg.

*Det här kan inte vara Jacob Murphys kusin. Knappast. Han är inte ett dugg lik honom!*

Omedelbart på den tanken kom en annan; *Även om han är Jacobs kusin måste jag agera som om jag aldrig hört talas om honom och behandla honom som en vilken biker som helst som just klivit in på Brethrens territorium.*

Så när mannen kom fram till baren gav hon honom en hård blick. "Har du kört vilse, kompis?"

"Inte om det här är Redstone Creek Roadhouse, och skylten där ute verkade rätt tydligt säga att det är det." Han lutade sig mot baren och gav henne ett lättsamt leende.

Liane försökte att inte lägga märke till hur snygg han var, med vasst mejslade kindben som inte direkt doldes av den kraftiga skäggstubben längs käken. Den var rödblond, samma ton som håret, som såg ut att ha varit väldigt kort tills helt nyligen men nu växte ut och blev rufsigt. Han hade klarblå ögon – eller det ena var det. Det andra såg märkligt grumligt ut, och på kinden strax under fanns ett rosatonat ärr.

"Det här är inget bra ställe att hänga på med en Harley om du inte bär rätt färger", sa hon rakt på sak.

"Uppskattar rådet." Han krokade tag i en barstol med hälen och gled upp på den utan ansträngning. Ställde hjälmen på baren. "Kan jag få en Coors, tack?"

"Jag sa just till dig", sa hon vasst. "Du bär inga färger. Det här är inte din plats."

"Tur att jag är här för att hämta några då, va?" Han log mot henne igen.

Hon stirrade på honom.

"Vad?" Han lutade nyfiket på huvudet.

"Säger du att du är här för att ansöka om att gå med i Pure Brethren? För man dyker inte bara upp och *hämtar* färger. Du måste bli accepterad. Gå igenom en prövoperiod. Bevisa att ni är värdiga!"

Oavsett om han var Jacob Murphys kusin eller inte var han en fullständig jävla idiot om han inte visste det, och det fanns absolut ingen chans att hon skulle röja sig som ATF-agent förrän han hade satt sig i en position där han kunde lämna faktisk, användbar information vidare.

Om han kunde.

"På tal om den där Coors", sa han, och hon dängde ner en flaska på baren.

"Du valde fel dag att kliva in."

"Nähä", sa han jämnt och lade en tiodollarsedel för att betala ölen.

"Det regnar, pucko!"

"Det hade jag inte märkt." Hans leende blev lite busigt nu, och hon tyckte att han hade alldeles för roligt åt att reta upp henne. Hon blängde nattsvart.

"Drick upp ölen och dra. Jag vill inte att folk ska säga att jag lät en biker utan färger hänga i min bar."

"Du kommer inte att råka i trubbel. Är det en sydstatsdialekt jag hör?"

Hon var irriterad; det var därför dialekten smög sig fram. "Vi är inte i Södern", sa hon kort.

"Nej, men jag var tillräckligt länge i Georgia för att den dialekten nästan låter som hemma för mig numera."

"Jaså, var någonstans i Georgia?" frågade Liane utan att tänka.

"Fort Benning."

Hon tvekade. "Armén?"

"Rangers."

Det var den slutgiltiga bekräftelsen hon behövde; det här var Jacob Murphys kusin, för hon hade tappat räkningen på hur många gånger Jacob hade skrutit om sin kusin, Rangern.

”Min mamma är från Macon”, var allt hon sa, men hon tog till slut upp hans pengar och gick till kassalådan för att växla. ”Jag växte upp i Chicago, men folk säger att jag låter som hon ibland.”

”Det gör du. Särskilt när du blir arg, verkar det som.” Han grinade, och hon slog ner växeln på baren med en bister min.

”Ett gott råd, kompis. Om du ska gå med i Brethren vill du inte reta upp mig. Ditt gäng äter här regelbundet. Ingen gillar spott i maten”, hotade hon.

Till hennes förvåning skrattade han. ”Fan också, jag gillar dig när du är arg med. Jag är Drew. Drew Murphy.” Han räckte fram handen.

Hon såg på den med förakt. Tog inte hans hand och gav inte sitt namn tillbaka.

Mullret av motorcyklar där ute fick dem båda att titta mot fönstret. Drew verkade inte orolig; hon gissade att han hade tagit kontakt med någon ur Brethren och att de hade gått med på att möta honom här, även om det, utifrån allt hon visste om dem, inte fanns en chans att Drew skulle tas emot med öppna armar, inte ens med sin relation till Jacob som plus.

”Hoppas du inte snackade skit om att de väntar dig. Om du gjorde det får du flytta affärerna utanför, annars ringer jag sheriffen och ser till att han tar din hoj i beslag tills du ersätter mig för eventuella skador”, varnade hon.

”På god fot med sheriffen, alltså?” Han höjde ögonbrynen. ”Ovanligt. För ägaren till ett bikerhak.”

”Vi serverar den bästa barbecuen i hela förbannade staten, så ja. Sheriffen och många av hans ställföreträdare äter här regelbundet, och Brethren håller respektfull distans och näsan ren när de är på min mark.” Hennes ton var hotfull. Hon varnade honom för att han behövde respektera hennes regler.

”Intressant.” Han nickade mot henne och reste sig sedan när dörren öppnades och släppte in Bull, med Gerry tätt i hälarna och resten av Brethren strömmande efter.

”Jag vill inte ha något bråk här inne, Bull”, sa Liane när Bull stegade fram mot Drew. ”Ta det utanför.” Hennes ton var betydligt artigare och mer respektfull än när hon pratat med Drew, men den var fortfarande bestämd.

”Inget bråk, Liane. Det här är en välkommen gäst”, sa Bull innan han räckte handen mot Drew. ”Hej, Drew. Jag är Bull. Jacob talade väldigt väl om dig.”

”Det är en ära att få träffa *dig*, sir. Jacob snackade som om solen sken ur din röv.”

Bull skrattade, ett djupt, rullande bullrande skratt, och gestikulerade mot Brethrens bord. ”Kom och slå dig ner med oss. Det där är vårt bord där borta; Liane håller det reserverat bara för oss, eller hur?”

”Bara det bästa åt mina bästa kunder”, sa Liane, men hon höll tonen sval. Hon fjäskade inte och Brethren visste att de inte skulle förvänta sig det. ”Vad dricker ni i dag, Bull?”

”Har ni Grand Teton Double Vision Doppelbock inne?”

”Jajamän, leveransen kom i går.”

”Då tar vi en runda såna.”

Bull drack Budweiser lika ofta som inte, men uppenbarligen ville han verka sofistikerad – eller kanske välbärgad – inför Drew Murphy. Intressant. Hon fick medge att Murphy var ett rätt imponerande exemplar; runt en och åttioåtta och rejält musklad, det var sättet han rörde sig som stack ut. Som en skallerorm precis innan hugg, tänkte hon nyckfullt medan hon tog ölflaskorna ur kylen och med ögonvrån såg männen ta plats vid bordet vid fönstret. Bull tog platsen vid bordets kortsida och visade Murphy stolen till höger om sig, vilket gav Gerry en bister min – det var normalt hans plats.

Merrick var upptagen med att ta upp beställningar från ett bord fullt av kvinnor som hade bokcirkel, av alla saker, och tydligen hade bestämt sig för att kombinera det med lunch, så Liane ställde sju flaskor på en bricka och bar över dem till Brethrens bord, och serverade Bull först.

"Sex Grand Teton och en cola." Hon satte läskflaskan framför Kaleb, Bulls brorson, som trots att han var lika tatuerad och tuff i stilen som resten av gänget ännu inte hade fyllt tjugoett. Han hade försökt, bara en gång, att visa henne ett falskt leg. Hon hade tagit en titt och sagt: "Jag riskerar inte mitt sprittillstånd för din skull, grabben."

Kaleb himlade med ögonen men visste bättre än att säga något.

Drew kastade en nyfiken blick längs bordet. "Är du helnykter eller vadå?"

"Han är minderårig", sa Liane, "och vad ni än pysslar med utanför den här platsen, i min bar är vi alla laglydiga medborgare. Visst är det så, Bull?"

"Det stämmer." Bull log, och när hon gick därifrån sa han lågt till Drew: "Hon är en hård jäkel, men det här stället har bästa maten på flera mil. Tänk på det som en frizon. Som en kyrkofristad."

Liane log lite för sig själv. Hon gillade liknelsen. Leendet försvann när hon hörde Drews svar.

"Hård jäkel, men hon har då en jäkligt snygg rumpa."

*Undercoverpersonan,* fick hon påminna sig. Drew spelade en roll, och det gjorde hon med. Hon vände sig om och viftade varnande med fingret åt honom.

"Att titta i skyltfönstret är gratis, men den som försöker ta på varan slutar med ett brutet finger."

"Uppfattat", svarade Drew med ett flin. Bull småskrattade, liksom flera andra; Gerrys uttryck var däremot svart som åska, såg hon.

Det slog Liane att en flirt med Drew skulle vara det enklaste och mest logiska sättet för dem att smidigt utbyta information. Visserligen visste han ännu inte att hon var hans ATF-kontakt – och hon tänkte inte låta honom få veta det förrän han hade blivit accepterad av Brethren – men hon kunde absolut börja lägga grunden. Med flit blinkade hon åt honom innan hon vände sig om och gick tillbaka till baren.

Hon kunde förstås inte lyssna i realtid på ljudet från mikrofonen vid Brethrens bord, och hon ville inte glo alltför uppenbart, men hon höll ett vaksamt öga på gänget medan hon skötte sitt, mest genom att läsa av kroppsspråk.

Drew såg avspänd ut, inte det minsta störd av att han åt och drack med härdade brottslingar. Bull verkade storsint, log mer än han brukade, skrattade och lyssnade uppmärksamt när Drew pratade. Gerrys min blev svartare för varje minut.

Kaleb var den intressanta. Bull höll sin brorson högt, och Kaleb slukade varje ord Drew sa, nickade ivrigt med när han talade. Han hoppade upp och vinkade åt Merrick när Drew knackade på den laminerade menyn på bordet och uppenbart ställde en fråga om att beställa mat.

Merrick var mitt i att ställa fram tallrikar vid bokcirkelns bord och gav Liane en lätt desperat blick. Hon nickade för att visa att hon tog det och gick tillbaka till Brethrens bord, fiskade upp ett beställningsblock ur bakfickan på jeansen.

”Vad är dagens, Liane?” frågade Bull gemytligt.

”Chicken-fried steak med kärnmjölkskex och sås”, sa hon.

”Har du en sydstatskock också, Georgia-tjej?” frågade Drew, och hon smalnade på ögonen åt honom.

”Jag sa ju, min mamma var Georgia-tjejen, inte jag. Men ja. Ada är från Alabama och om du gillar sydstatsmat kommer du troligen att gråta ner i hennes kärnmjölkskex när du är klar med lunchen.”

”Kan man ens göra riktiga biscuits med mjölet här uppe?” kontrade han.

”Nej, och därför får vi White Lily skeppat upp från Knoxville!” Hon log snett mot honom, och han log tillbaka och nickade.

”Okej, du övertygade mig. Chicken-fried steak låter bra.”

”Samma här”, sa Kaleb snabbt, och Bull höjde ett finger för att visa att han också ville ha dagens.

”En runda öl till också”, bad Bull, och hon nickade och noterade snabbt ner de andra männens beställningar.

”Det dröjer bara några minuter, jag springer in med det här till köket.”

Merrick var ledig när hon hade lämnat matbeställningen och förberett drinkarna, så hon lät honom ta brickan bort. Det var inte bra att ge bikers för mycket personlig uppmärksamhet. Det passade inte hennes vresiga undercover-persona, och det kunde få Bull att bli misstänksam om hon svävade över dem hela tiden.

# KAPITEL FEM

ÄN EN GÅNG DROGS Drews blick till bartenderns välformade rumpa när hon lutade sig över ett bord på andra sidan rummet för att plocka upp smutsiga glas. Han svor tyst för sig själv, slet bort blicken och tvingade sig att fokusera på vad Bull sa. Han hade verkligen inte råd att tappa fokus nu.

Ändå var Liane den mest fascinerande kvinna han hade träffat på länge. Lång – han gissade att hon var runt en sjuttioåtta barfota – och kraftig, med ett smalt, intelligent ansikte, klara blå ögon och en pojkaktig pixiefrisyr som hade kunnat göra henne gullig om det inte varit för att den var färgad lila med svarta toppar. I åtsittande blå jeans, tunga Doc Martens-kängor och en svart flanellskjorta över en vit T-shirt var hon urtypen för en tuff tjej, full av attityd och vassa kanter.

*...Och mjuka kurvor...*

*Herregud, jag stirrar på henne igen.*

Än värre, hon hade precis kommit på honom när hon vände sig om. Hon höjde ett ögonbryn, log och gav honom ännu en fräck blinkning.

"Lärde inte Rangers dig ett dugg självbevarelsedrift, grabben?" frågade Bull, som uppenbart hade följt Drews blick. "Hon tuggar i dig och spottar ut dig."

"Kanske värt det." Han skrattade och försökte låta självironisk. "Jag tror jag var ute i öknen för länge på senaste vändan."

"När sa du att du kom tillbaka, nu igen?"

"Ungefär två veckor efter att Jacob blev dödad." Vilket råkade vara en lyckosam tillfällighet, inte för att Bull kunde veta det. "Jag var jävligt ledsen att missa hans minnesstund. Jag hoppas att ni tog farväl på rätt sätt."

"Det gjorde vi." Bulls uttryck var svårt att läsa bakom det tjocka skägget, men Drew tyckte faktiskt att det kunde vara sorg. "Spred hans aska vid hans favoritställe att fiska på, som han ville."

"Han älskade ju att fiska", höll Drew med. Det var nog det han kom ihåg bäst med sin kusin, Jacob som ständigt stack från de små sysslorna deras mormor gav dem för att gå och fiska.

De åt upp, och Bull lutade sig bakåt i stolen och fäste Drew med en skarp blick. "Det har varit trevligt att träffa Jacobs kusin, men jag har känslan av att du inte ringde upp mig och bad att få träffas här bara för att minnas honom. Låt oss gå på sak."

"Vi kan inte snacka affärer här inne, Bull", sköt Kaleb in. "Lianes regler."

"En annan sorts affärer, grabben. Håll truten." Gerry knuffade till honom och morrade.

Drew noterade i ögonvrån Kalebs rodnad, Bulls rynkade panna åt Gerry. Den interna dynamiken mellan gängmedlemmarna var något han behövde vara hypermedveten om; han önskade att ATF-agenten som tidigare varit undercover hade lämnat mer information om det. Kanske skulle hans nya kontakt kunna fylla i några detaljer när han hörde av sig.

"Jag ärvde Jacobs stuga", svarade han på Bulls fråga, "och hans hoj. Jag har ingenstans jag måste vara nu när jag har muckat. Tänkte att här är lika bra som någon annanstans att slå sig ner. Jag fick en hyfsad utbetalning men jag måste börja leta jobb snart, och om jag kör Jacobs hoj... tja, det verkade bara vara artigt att meddela dig att jag är här, och att jag kommer att vara ute på hans hoj."

"Hur fick du mitt nummer?" frågade Bull prövande. "Det är inget Jacob skulle ha delat med vem som helst. Inte ens familj."

"Säkert inte, men alla hans gamla telefonräkningar låg i en arkivlåda. Jag slog bara numret han ringde oftast, och du svarade. Var inte svårt att lista ut att det var ditt nummer, med tanke på hur mycket han snackade om dig."

Bull nickade och godtog historien. Med all rätt, för den var den nakna sanningen. Långa ögonblick betraktade han Drew under tystnad. Drew väntade och höll minen slät och oberörd.

Tålamod var en av hans största styrkor. Han hade tappat räkningen på hur många timmar och dagar han hade legat i djupt obekväma ställningar och väntat på chansen att ta sitt skott.

Ingen kunde uthärda väntan bättre än en prickskytt.

Särskilt inte någon medelmåttig biker från landsbygden i Idaho.

"Vilken sorts jobb tänker du leta efter?" frågade Bull till slut.

"Något där det inte spelar roll att jag ser för jävla dåligt på det här ögat." Sedan skadan hade Drew utvecklat något av en nervös tic, han strök över ärrvävnaden under höger öga. Det gjorde inte ont längre, men huden kändes subtilt fel, inte bara den svaga kammen av ärren under hans känsliga fingertopp, utan även känslan som hjärnan registrerade från beröringen.

"Kan du köra tunga maskiner?" frågade Bull.

Undrande vart bikern ville komma med den här frågelinjen skakade Drew på huvudet. "Kan inte säga att jag har kört något tyngre än en pickup."

"Då lär du få svårt att hitta något. De flesta jobben här omkring är i skogsbruk eller jordbruk. Du kan hitta något nere i Sandpoint."

"Hm." Drew korsade armarna och rynkade pannan. "Om jag ville pendla kunde jag ha stannat i Georgia. Är inte heller sugen på att jobba i stan. Ett kontorsjobb passar mig fan inte."

"Det kan jag skriva under på." Bull skålade med sin ölflaska, pigga ögon som granskade honom noggrant. "Jag kanske kan erbjuda ett alternativ, om du är intresserad."

"Jag lyssnar."

"Brethren sysslar med lite affärer som grupp här i trakten. Vi kan alltid använda en bra man till."

"Bjuder du in mig att gå med?" Drew höjde ögonbrynen, överraskad.

"Du kan inte bara erbjuda honom fullvärdigt medlemskap, Bull", frustade Gerry. "Det finns en prövotid. Vi slopar inte den för någon. Fan, vi lät inte ens Kaleb slippa den!"

”Drew har gått igenom Ranger-utbildning. Tror du att nåt vi kan slänga på honom under prövotiden får honom ur balans direkt?” Bull flinade.

”Jag tänker fan inte tåla någon nollning, så om ni har planer på det kan ni glömma det”, sa Drew platt och mötte Gerrys sura min med en hård blick.

”Inget sånt”, sa Bull, lite för snabbt, så att Drew förstod att nollning visst var en vanlig del av den prövotid Brethren utsatte potentiella medlemmar för. ”Det handlar bara om... att förtjäna vårt förtroende.”

”Det kan jag förstå.” Drew nickade och ansträngde sig för att se avslappnad ut. ”Jacob hade såklart gått i god för mig, men han finns inte kvar.”

”Bull”, sa Gerry bråttom, ”kan vi prata utanför?”

Bull suckade, men han nickade, sköt tillbaka stolen och följde sin sergeant-at-arms ut. Drew lutade sig tillbaka i stolen, korsade anklarna och försökte utstråla att han inte var orolig. Han kom på sig själv med att titta på Liane igen och slet bort blicken.

”Jag var Jacobs prospect”, sa en röst lågt bredvid honom, och han ryckte till och vände sig om för att möta Kalebs blick. Bull hade gjort snabba presentationer, och Drew hade noterat att den yngste medlemmen i Brethren var Bulls brorson.

”Var han bra mot dig?” var det enda Drew kom på att fråga.

”Det var han. Sträng men rättvis.”

Drew tänkte för sig själv att det inte lät ett dugg som hans kusin. De starkaste minnena av Jacob var somrarna de två hade tillbringat på morföräldrarnas gård; Jacob, två år äldre, hade varit en riktig mobbare. Åtminstone tills Drew blev stor och stark nog att slå ifrån sig.

"Om Bull säger att du kan gå med", sa Kaleb, "ska jag be om att du får vara min prospect."

Drew tog ett ögonblick för att formulera sitt svar. Han var minst ett decennium äldre än Kaleb, och det kändes smått löjligt att i praktiken gå i lära hos en kille som knappt såg gammal nog ut för att raka sig.

Å andra sidan... Kaleb var sannolikt insatt i många av Brethren hemligheter. Bull kunde släppa garden mer runt honom och råka avslöja saker han annars inte skulle, eftersom Kaleb var familj.

"Hålla ett öga på mig, som Jacob höll ett öga på dig?" frågade Drew till slut.

"Typ så." Kaleb duckade på hakan, lite generat.

"Det vore en ära", sa Drew och såg hur rodnaden spred sig över Kalebs ansikte.

Killen sträckte på sig en aning.

"Gerry har problem med mig, och jag vill veta varför." Drew höll rösten låg, riktad bara till Kaleb. "Hade han och Jacob otalt?"

"Nä, det är för att du har varit i militären." Kaleb svarade snabbt.

Förbryllad blinkade Drew. "Va?"

"Gerry var inne i två år, men de kastade ut honom. Han pratar inte om varför." Kaleb talade också tyst. "Han är en 'sovereign citizen'. Vet du vad det är?"

"Det gör jag. Är ni andra också 'sovereign citizens'?" frågade Drew.

"Nej, även om Gerry fortsätter försöka snacka in oss alla i det. Bull säger att det är skit. Gerry tror på varenda jävla konspirationsteori han hör; det blir utmattande i längden." Kaleb himlade med ögonen.

Drew höll tillbaka ett skratt, ändrade sig och lät ett lågt skratt komma. "Så. Låt mig gissa. Gerry tycker att militären är ödleöverherrarnas verktyg?"

Kaleb satte i halsen av en klunk läsk innan han brast ut i skratt. "Typ så", fnissade han, men tystnade när Bull och Gerry kom tillbaka till bordet.

Gerry såg tvär ut, knytnävarna knutna vid sidorna. Han sköt tillbaka stolen mot bordet och förblev stående, lutad mot ryggstödet.

*Bull körde över honom*, tänkte Drew. Uppenbarligen fanns ingen svart-bollningsregel i Brethren... även om Drew misstänkte att det inte gällde Bull. Om presidenten hade varit den som inte ville ha in Drew, skulle han inte ha en chans.

Men Bull log mot honom.

"Är vi okej?" Drew höll blicken på Bull och ignorerade Gerry. Det faktum att klubbens president och sergeant-at-arms inte alltid var överens var möjligen något han kunde utnyttja, en spricka att få hävstång på, men han var tvungen att välja sida, och Bull var det självklara valet.

"Vi är okej. Du får gå med som provmedlem, som prospect. En av de fullvärdiga medlemmarna tar dig..."

"Jag vill ta honom som min prospect", sa Kaleb snabbt.

Gerry fnös åt det. "Du?"

Bull vände sig och gav Gerry en hård blick. "Antyder du att min brorson inte är lika kapabel som vilken annan fullvärdig medlem som helst?"

De andra männen längre ner vid bordet rynkade också pannan, märkte Drew i ögonvrån på sitt bra öga. Kaleb var uppenbart omtyckt bland de andra medlemmarna i Brethren; Gerry mindre så.

"Det sa jag inte, Bull", sa Gerry snabbt.

”Det var bäst att du inte gjorde.”

Orden sades lågt men med en sådan hotfull ton att Drew fick kväva en rysning. Det var en nyttig påminnelse; att trots sin till synes vänliga uppsyn hade Bull och hans gäng lämnat ett spår av döda kroppar efter sig, och om de för ett ögonblick anade att Drew inte var precis den han utgav sig för att vara, kunde han mycket väl hamna bland deras offer.

”Är det någon annan som vill anmäla sig frivillig?” frågade Bull efter ett långt ögonblick av dödstystnad, och lät blicken lämna Gerry och vandra längs bordet. En efter en skakade alla andra på huvudet.

”Kaleb är kapabel”, sa en smal rödhårig med rufstigt skägg längst ner vid bordet. Märket på hans väst löd *Secretary*, noterade Drew nu, och bestämde sig för att lära sig rödhåringens namn. ”Han vet vad som krävs.”

”Alla som är för att Kaleb tar Drew som sin prospect?” frågade Bull. Varenda man räckte upp handen, inklusive Gerry, även om han var långsam och uppenbart motvillig. ”Då var det avgjort. Skaffa honom en väst och ge honom en rundtur, Kaleb. Han måste lära sig var alla bor. Och ta hand om notan!”

# Kapitel sex

Alla stod upp och gjorde sig uppenbart redo att gå, så Drew reste sig också, och undrade plötsligt om Bulls order om att ta hand om notan hade varit riktad till honom. Vägkrogen var inte ett dyrt ställe, men de hade druckit tre öl var och ätit en hel måltid, multiplicerat med sju män; notan skulle landa på åtminstone ett par hundra dollar. Kaleb, däremot, fiskade upp en tjock rulle sedlar ur framfickan på jeansen och skalade av några medan han gick mot baren.

"Allt tillsammans?" frågade Liane när Kaleb stannade framför henne, "eller betalar han sin egen del?" Hon nickade mot Drew.

"Han är en av oss nu", sa Kaleb. "Vi ska ut och fixa en cut åt honom."

Hon nickade, tydligt ointresserad. "Tvåhundraåtta och lite till."

Kaleb lade en bunt sedlar på baren. "Behåll växeln."

Hon nickade, ett litet leende snuddade vid hennes läppar när hon svepte ner pengarna från baren. Kaleb hade lagt upp tvåhundrafemtio dollar, tänkte Drew, och inte nog med det, han hade sett de flesta i gänget lägga femmor och tior under sina tallrikar för serveringspersonalen att samla in när de dukade av. Vägkrogen tjänade rätt bra på Brethren; kanske var det lite förvånande att Liane inte var mer tillmötesgående.

Han var också tvungen att undra var alla de där kontanterna kom ifrån. Det var för tidigt att börja ställa den typen av frågor, så han log bara artigt mot Liane och sa:

"Ni hade rätt om de där biscuits, frun. Jag har inte ätit så goda biscuits sedan jag lämnade Georgia."

Det där lilla leendet snuddade vid hennes läppar igen. "Jag ska säga till Ava att du gillade dem", sa hon med en liten nick, innan hon vände sig bort och uppenbart avfärdade honom.

"Kom", knuffade Kaleb till Drew på axeln, och han insåg att han bara hade stått där och tittat efter Liane när hon gick.

Kaleb fnissade lågt. "Du är rejält tänd på henne, va?"

"Vad ska jag säga, jag gillar självsäkra kvinnor", sa Drew med en axelryckning och försökte skratta bort det. "Hon är skitsnygg."

"Lite gammal för min smak", sa Kaleb med ett grin. "Men du kan få slåss med Gerry. Han har försökt stöta på Liane ända sedan hennes man drog med deras gamla servitris. Till och med innan dess, tror jag."

"Om han inte har kommit någonvart på all den tiden, så är han nog inte mycket till konkurrens", påpekade Drew när de två lämnade vägkrogen. Regnet hade upphört och lämnat allting blankt och halkigt, och doften av tallarna bakom vägkrogen låg tung i luften. "Han gillar mig ju uppenbarligen inte heller."

”Han gillar inte någon särskilt mycket. Men se upp.” Kaleb sa inget mer, utan gick bort till där hojarna stod parkerade, bara deras två kvar nu.

”Vart ska vi först?” frågade Drew och satte på sig hjälmen.

”Cashs ställe. Hämta din cut.”

”Cash?”

”Sekreteraren. Rödhuvudet, i änden av bordet?”

”Åh, just det.” Drew nickade. ”Okej.” Han kickade igång starten och log när Harleyns motor vaknade till med ett dovt, rivigt vrål. ”Visa vägen!”

Det visade sig att Cash bodde mitt i stan, i ett prydligt skött hus med ett anslutet garage. Hans hoj syntes ingenstans, och när Drew och Kaleb parkerade sina på uppfarten tänkte Drew att från utsidan fanns det inget som antydde att huset tillhörde en medlem i ett mc-gäng.

”Hej, Cash”, sa Kaleb och knackade med knogarna mot dörren.

”Det är öppet!” ropade en röst inifrån huset, och Kaleb öppnade dörren och släppte in dem.

De gick in i ett förvånansvärt fint vardagsrum. Drew misstänkte att Cash var gift, eller åtminstone bodde med en kvinna; insidan var alldeles för välordnad för en ungkarl, med färgglada kuddar i fåtöljerna och ett handsytt lapptäcke prydligt vikt över soffryggen.

”Tjena.” Cash satt i soffan, med kängorna av och fötterna på soffbordet framför sig. ”Det ligger ett par cuts där.” Han pekade mot ett sidobord. ”Prova dem och se vilken som passar.”

Den första lädervästen var sydd för någon med bredare axlar än Drew: den gled omkring obekvämt. Den andra satt bättre, och han nickade och lät fingrarna stryka lätt över *Prospect* -märket på bröstet. "Den här. Tack."

"Din mobil." Cash gjorde en vinkande gest med fingrarna.

"Vad sa du?"

"Räck. Över. Din. Mobil."

Motvilligt fiskade Drew upp den ur fickan och räckte över den. Det fanns inget komprometterande på den – och de skulle ändå inte kunna låsa upp den utan hans fingeravtryck – men han var inte särskilt sugen på att bara lämna ifrån sig den.

"Medan du är prospect i klubben använder du den här. Jag vet att det inte finns någon fast telefon i Jacobs stuga. Du kommer inte ringa några samtal som vi inte känner till. Alla våra aktuella nummer ligger redan inne." Cash tog Drews mobil, slängde ner den i en låda han drog ut ur soffbordet och räckte över en äldre viktelefon.

"Har den här ens internet?" muttrade Drew och fällde upp telefonen, äcklad av den pyttelilla skärmen.

"Vad ska du med det till? Du kan gå till biblioteket om du vill kolla mejlen. Kaleb säger till dig allt annat du behöver veta. Och dra nu innan min kvinna kommer hem. Hon gillar inte att se hojar på uppfarten."

"Du är tofflad, Cash", sa Kaleb retfullt, och till Drews förvåning sprack rödhuvudet upp i ett leende.

"En dag träffar du rätt kvinna, grabben, och då har du inget emot att vara lite tofflad."

Klubben verkade se Kaleb som något av en maskot, tänkte Drew, trots att han var fullvärdig medlem. Grabben verkade rätt schysst – en tanke han omvärderade när de lämnade Cashs hus och Kaleb sa att de behövde svänga förbi high school.

”Varför då?” stirrade Drew, förbryllad.

”Måste hämta min tjej.”

*Jag hoppas verkligen att det här inte är på väg dit jag tror.*
”Är hon lärare?”

”Nä, hon går i tioan.”

”Herregud, vill du hamna i fängelse? Hon måste vara minderårig!”

”Vi gör inget.” Kaleb himlade med ögonen. ”Hon säger att jag också är för gammal för henne. Hon låtsas vara min tjej för att det är bra täckmantel, och hennes föräldrar bryr sig inte.”

”Täckmantel?” Drew var helt vilse. ”För vad?”

”Hon är vår langare på skolan, mannen. Hon flyttar mycket produkt.”

*Jaha. Så han ligger inte med en tonårstjej. Han använder henne bara för att langa knark till andra ungar.*

Det var en kall, hård påminnelse om att även om vissa i Brethren kunde verka trevliga, till och med sympatiska som Kaleb, så var de kriminella med ett sociopatiskt likgiltigt förhållningssätt till alla de inte ansåg värda sin uppmärksamhet.

Federala myndigheterna visste säkert redan att Kalebs flickvän var drogförsäljare på high school – det var rätt svårt att missa att Kaleb dundrade fram på hojen för att hämta henne – men Drew lade ändå mentalt undan det som en uppgift han kunde föra vidare när den undercover ATF-agenten tog kontakt. Det var inte som om han hade någon annan kanal att lämna information genom utan att Brethren märkte det, förutom att ta en tur ner till Woodvale och gå in på sheriffkontoret för att hitta Jason Hunter. Något som verkligen skulle vara en sista utväg, för vem visste vem som kunde hålla utkik och rapportera tillbaka till Brethren.

Kalebs "tjej" var en söt blond cheerleader – bokstavligen en cheerleader, i blå-vit uniform. Hon hoppade upp bakom Kaleb på hojen, vinkade till sina kompisar och så drog de iväg igen.

De körde hem Kalebs tjej, som skuttade in utan ens en blick bakåt. Drew hade sett bytet ske medan de körde, hur tjejen tryckte in en bunt sedlar i Kalebs jeansficka och i gengäld tog ett litet paket som hon stoppade ner i bh:n.

Regnet började tillta igen, så Kaleb föreslog att de skulle stanna till hemma hos honom ett tag.

"Har du eget ställe?" frågade Drew nyfiket.

"Japp. Det är inte så stort men det är mitt."

De stod vid macken och tankade hojarna. Kaleb pekade ut den anslutna verkstaden och nämnde att det jobbade en ypperlig mc-mekaniker där, om Drew behövde göra något på sin hoj som han inte kände sig trygg med att fixa själv.

"Fast vi måste gå igenom din hoj i efterhand", la Kaleb till. "Ifall han har satt på några trackers eller buggar. Vi har inte tagit honom på bar gärning än, men Bull tror att han kan vara en undercoveragent, placerad för att hålla koll på oss. Flyttade hit för bara några månader sen."

Drew hade just tänkt säga att han inte trodde det fanns något mekaniskt på hojen som han inte kunde sköta själv, men han ändrade sig när han hörde Kaleb säga det där. Om mekanikern verkligen var ATF:s undercoveragent behövde Drew ge honom en chans att ta kontakt – och sedan varna honom för att Brethren var misstänksamma.

"Hon mår fint för stunden", sa han, "men hon vill ha nya däck snart. Jag låter honom fixa åtminstone det."

"De ger oss bra pris på däck." Kaleb nickade. "Kom, vi drar. Vi passerar Bulls ställe på vägen hem till mig."

Bulls place var lika anonymt från utsidan som Cashs; större och lite nyare, men inte riktigt lika kliniskt rent. En ny svart F150 med massiva tvillingdäck stod på uppfarten.

"Är Bull gift?" frågade Drew när de klev av hojarna utanför Kalebs hus, en liten, lite ruffig bungalow i tegel.

"Nej", sa Kaleb kort. "Han var. Hon försvann, för ett par år sen. Han trodde att hon hade lämnat honom. Det visade sig att hon mördades av Manhunters. De hittade hennes kvarlevor i den där benhögen."

"Nej! Så fruktansvärt för Bull. Det är fanimej något, va? Seriemördare som verkar precis på din bakgård. Kände du någon av dem som var inblandade?" Det var helt naturligt att vilja prata om ämnet, tänkte Drew; det skulle vara konstigt om han inte visade intresse. Drew kände sig kall, dock, med vetskapen om att kroppen efter en FBI-agent som varit undercover hos Brethren också hade dykt upp i den där benhögen. *Hade Bull lämnat över sin egen fru till Philip Hunters gäng av mördare, liksom agenten? Visste Kaleb?*

"Ja", medgav Kaleb bistert. "Förre sheriffen, McCarthy. Det var så Manhunters kunde hålla på så länge. Han sopade igen spåren, fattar du."

"Rätt vidrigt." Drew skakade på huvudet.

"Skulle inte nödvändigtvis trott att du såg det så." Kaleb gav honom en sidoblick när de gick in i huset.

"Varför?"

"Du var prickskytt, mannen. Du har förmodligen dödat fler än hela Manhunters-gänget gjorde."

"Kanske det – jag förde inte räkningen – men det var fiendesoldater", påpekade Drew. "Talibaner, för det mesta. Några somaliska krigsherrar. Avskum, folk med blod på händerna. Manhunters dödade gamla, kvinnor, ungar. Oskyldiga. Det är väldigt annorlunda."

"Om du säger det." Kaleb ryckte på axlarna, ledde vägen in i ett litet kök och öppnade ett skafferi. "Vill du ha chips?" Han drog ut en stor påse. "Jag är hungrig."

"Redan? Lunchen var inte så länge sen." Drew skakade på huvudet när Kaleb räckte påsen mot honom. "Jag är nöjd, tack."

"Jag växer fortfarande." Kaleb grymtade och kastade in några chips i munnen. "Kom. Vi sätter oss. Ser vad som går på tv."

Att hänga och kolla tv kändes inte som mycket till undercoverjobb, men Drew rationaliserade att det faktiskt var det – han behövde få Kaleb bekväm och avslappnad med honom, och det skulle bli lättare ju mer Kaleb trodde att de hade gemensamt. Med en inre suck sjönk han ner i Kalebs soffa och lade upp fötterna på soffbordet, och imiterade den yngre mannen. "Har du kabel? Jacobs stuga ligger för långt från stan. Jag saknar ESPN."

"Klart." Kaleb kastade åt honom fjärrkontrollen. "Kör hårt. Och jag har ett gästrum om du inte pallar köra hem. Sängen är din när som."

"Jag uppskattar det." Drew bestämde sig för att tacka ja till Kalebs erbjudande då och då. Det visade på förtroende, och han behövde få Kaleb att tro att förtroendet gick åt båda håll.

Även om Drew visste att han aldrig, aldrig kunde lita på någon enda i Brethren ens för ett ögonblick.

# KAPITEL SJU

LIANE DROG ETT DJUPT andetag när motorcyklar mullrade på gruset utanför vägkrogen. Det hade gått två veckor sedan Drew Murphy först klev in för att träffa Brethren. Han hade varit inne på krogen med dem flera gånger sedan dess, till synes helt bekväm i deras sällskap, och hennes chefer på ATF hade till slut tappat tålamodet och beordrat henne att ta kontakt med honom, identifiera sig och få ut all information han kunde ha samlat in hittills.

Han hade sannerligen haft gott om chans att snappa upp nyttig underrättelse, tänkte Liane medan hon såg bikers släntra in. Han verkade ha tillbringat varenda stund i Kalebs ficka. Brethren åt på vägkrogen minst fyra eller fem dagar i veckan och Drew var alltid med dem, lyssnade tyst och sprang småärenden som en duglig, arbetsam prospect ska.

Det var Drew som kom fram till baren nu, med sitt vanliga flirtiga leende, när han beställde en omgång öl.

"Och läsk till Kaleb", sa Liane.

"Har du koll på när han fyller? Inte långt kvar."

”Tre månader, och tills dess dricker han inte alkohol i min bar.” Hon gjorde en paus och såg på honom. Psykade upp sig. Nu var stunden inne, men hur skulle hon göra det?

Att flirta med honom – till och med låtsas inleda en relation – skulle faktiskt vara en utmärkt täckmantel för dem. Hon lutade sig mot baren, mötte hans blick och drog ännu ett djupt andetag innan hon sa: ”Jag gillar bandanan du har på dig. Men *jag tror att grönt skulle vara mer din färg.*”

Det tog uppenbart ett par sekunder för Drew att uppfatta att hon sagt kodfrasen han blivit tillsagd att förvänta sig från sin ATF-kontakt. Sedan spärrades hans ögon upp och han stirrade på henne, läpparna särade i uppenbar chock.

Liane höjde ögonbrynet åt honom.

”Öh”, sa han, och behövde uppenbarligen en stund för att vrida om sin världsbild. ”Jag – jag är svag för blått, själv.”

Hon lutade sig närmare. ”Flirta med mig”, sa hon tyst. Ingen stod tillräckligt nära för att höra just då, och leendet hon hade på läpparna skulle se kokett ut för vem som helst som tittade. ”Det är bra täckning. Ger oss en ursäkt att tillbringa tid ihop.”

”Okej.” Han såg fortfarande lite chockad ut: Liane var tvungen att undra vem han egentligen trott att hans kontakt skulle vara, för det kunde inte vara mer uppenbart att han inte för en sekund misstänkt henne. ”Jag antar att vi behöver prata.”

”Bjuder du mig på en drink?” Hon höjde rösten, skrattade sedan högt. ”Jag äger baren. Du får hitta på en bättre replik än så, hetsporre.”

"Man kan inte klandra en kille för att försöka." Han lutade sig mot baren och log mot henne, och en plötslig, oväntad smilegrop blixtrade till i kinden. "Drinken är bara en ursäkt. Jag vill lära känna dig. Du bestämmer tid och plats."

Hon låtsades fundera. "Var här vid fem när min vikarie bakom baren kommer in. Vi pratar... om jag får tid."

"Klart." Han blinkade. "Ska jag ta med blommor?"

"Jag föredrar choklad."

"Uppfattat." Med ett svep tog Drew brickan med drinkarna från baren och gick till Brethrens bord utan att se sig om. Hon undrade vad han skulle säga till dem – han var tvungen att säga något för att förklara varför han skulle komma tillbaka hit utan dem – och hon behövde inte vänta länge på följderna. Gerry kom stormande upp till baren och knuffade undan två unga byggjobbare som väntade tålmodigt på sina drinkar. En av killarna öppnade munnen för att protestera; hans kompis, som uppenbarligen var smartare, eller åtminstone hade större självbevarelsedrift, drog snabbt bort honom.

"Du gav mig aldrig en chans, men du ger den där fittan Murphy en?" väste Gerry och slog nävarna i baren.

Liane mötte hans blick utan att vika ner sig. "Jag har sagt det många gånger, Gerry. Du är inte min typ."

"Vad fan ska det betyda?"

"Du dricker för mycket, du svär för mycket, du klär av varenda kvinna som går förbi med blicken, och enligt mer än ett av dina ex har du en elak sida. Väldigt lik min exman, faktiskt. Jag är inte sugen på att upprepa mina värsta misstag." Liane nickade mot där Drew delade ut öl vid Brethrens bord. "Han är artig. Visst, han stirrar på min röv hela tiden – men det är i princip bara *min* röv.

Han sitter inte här och glor på varenda tjej som trycker upp pattarna i ansiktet på honom." Vilket var märkligt, insåg hon plötsligt, eftersom han uppenbarligen inte haft en aning om att hon var hans ATF-kontakt. Kanske var han faktiskt attraherad av henne.

Gerry frustade och snörvlade, och ett elakt flin kröp sedan över hans ansikte. "Murphy är prospect. Han måste ha tillåtelse för att inleda nåt med någon."

"Ett, vem har sagt något om en relation? Vi ska ha ett samtal. Och två, du får dig att se svartsjuk och patetisk ut. Gå och hitta en kvinna som är intresserad av dig och låt bli mitt liv." Hon mötte hans blick med samma glöd, och till sin förvåning var det Gerry som vek undan först, med ett snörpt frustande. Han stormade iväg mot toan och lämnade Liane lite skakig efter konfrontationen, inte för att hon lät det märkas utåt. I stället såg hon mot Brethrens bord och höll blicken där tills Bull råkade kasta en blick på henne. Hon gav honom en bister min.

Bull gav en uppenbart överdriven suck, men han reste sig och kom fram till baren och lutade sig mot den. "Har du ett problem, Liane?"

"Låt mig vara utanför ert skit", sa hon utan omsvep. "Jag gillar Murphy, och han verkar intresserad, men jag vill inte dras in i Brethren-affärer. Gerry sa att eftersom Murphy är prospect måste han ha tillåtelse för att dejta mig?" Hennes ton tydliggjorde vad hon tyckte om den regeln.

"Vi vill inte att han blir distraherad från klubbens affärer... och vi måste kolla upp alla han blir inblandad med. Se till att de inte är ett hot mot oss."

Liane gav honom en hård blick.

"Vi har förstås redan kollat upp dig, så det vore inget problem", sa Bull med en bekymmerslös axelryckning.

”Nåväl.” Hon torkade av bartoppen med en fuktig trasa. ”Jag har svårt att tänka mig att en dekorerad Ranger-skarp-skytt är den lättdistraherade typen.”

”Inte jag heller, men om vi måste säga åt honom att göra slut med dig, så vet, det är inget personligt, Liane.”

”För Gerry är det personligt.” Hon gick rakt på problemet. ”Han är dålig på att ta ett nej från mig, och han kommer att försöka göra det svårt. Ni måste hålla honom borta från min rygg... och inte låta honom trakassera Drew heller.”

Bull gav henne en skarp blick. ”Blanda inte ihop vår vänliga arbetsrelation nu, Liane. Du har inte rätt att ge order. Jag hanterar mitt folk på mitt sätt.”

*Jaså*. Det var första gången Bull egentligen tryckte tillbaka. Hon sänkte huvudet undergivet. ”Jag menar ingen respektlöshet, Bull. Jag gillar bara inte folk som lägger sig i mitt privatliv. Eller min *affärs*verksamhet, för den delen.”

”Jag vet. Och vi har hållit oss borta från hur du driver stället, för ärligt talat verkar du sköta det bra. Men blir du personligt inblandad med någon av oss, kan du inte stå neutral. Det här är inte Schweiz.”

Liane tyckte privat att det var ett rätt komplext resonemang för bikern att uttrycka, men hon nickade. ”Vill bara se om han är värd att lägga tid på. Det kanske inte blir något alls.”

”Rimligt.” Bull nickade och granskade henne eftertänksamt. ”Två veckor. Om du vill fortsätta med Murphy efter det, pratar vi. Och jag håller Gerry borta från dig under tiden.”

”Och Drew slipper honom?” frågade Liane hoppfullt.

”Brethren-affärer.” Bull viftade med ett finger åt henne.

Hon suckade och hoppades att Gerry inte gjorde Drews liv alltför miserabelt. "Uppfattat. Jag är fullt beredd att porta honom från baren om han ger mig skit, dock."

"Det lär inte behövas."

Motvilligt gav Liane en nick. "Du är okej, Bull. Jag trodde, med tanke på vem du är, att du kanske skulle försöka köra över mig, men..."

"Det har aldrig behövts. Du står inte i vägen för mig."

Och med en enda platt, känslolös blick gjorde han fullständigt klart att om hon väl stod i vägen för honom, skulle han köra rakt över henne som en ångvält och aldrig se sig om. Men det hade hon å andra sidan varit medveten om från första stunden hon kom till stan. Hon visste att hennes liv hängde på en skör tråd och att om hon ens för ett ögonblick misstänkte att täckmanteln var röjd, behövde hon springa och inte se sig om.

Det finns goda skäl till att undercoveragenter alltid får höra att aldrig ta med sig något in som de inte kan lämna utan att blinka, och att alltid ha flera alternativa flyktplaner.

Det påminde henne om något. Hon behövde kolla med Drew om hans flyktplaner, och revidera åtminstone en av sina egna så att den funkar för två personer. Liane gjorde en mental anteckning medan hon log mekaniskt mot Bull och sköt över ännu en öl över baren till honom.

"Jag uppskattar att du tog dig tid att prata med mig. Den där bjuder jag på."

Bikern nickade mot henne, tog flaskan och gick därifrån utan vidare erkänsla.

En rysning gick längs Lianes ryggrad, som om någon just gått över hennes grav, men hon visade inget utåt, bara nickade åt en ung kvinna som hållit sig i bakgrunden medan Bull stod vid baren och vinkade fram henne att lägga sin beställning.

Drew sneglade mot henne upprepade gånger, men han kom inte över igen, utan satt kvar mellan Bull och Kaleb, kanske för att inte reta upp Gerry, som satt och blängde tills de till slut reste sig och gick. Det var Cash som stannade för att betala notan och lämnade den sedvanliga bunten med sedlar på baren med knappt ett grymtande till Liane när de andra gick ut.

Strax före fem nådde en ensam motorcykels strupiga vrål Lianes öron. Joe, bartendern hon anställde för hektiska kvällar och när hon ville vara ledig, hade redan kommit, och baren var lugn, så hon sa åt Joe att hålla ställningarna ett tag och sms:a om han behövde henne innan hon gick ut på parkeringen.

"Hej." Drew höll just på att ta av sig hjälmen och hängde den på styret, men stannade upp. "Vill du följa med på en tur?"

"Nej. Vi går." Hon nickade mot stigen som löpte längs bäcken bakom vägkrogen, en stig som letade sig ner till Heber's Lake en knapp kilometer bort.

"Som du vill." Han föll in i steg bredvid henne, och på bara några sekunder slukades de av träden, och musiken som alltid dånade från krogens högtalare bleknade bakom dem.

"Så", sa Drew efter ett par minuter. "Du är ATF?"

"Ja, men låt aldrig de bokstäverna passera dina läppar igen." Hon gav honom en varnande blick. "Liane är mitt riktiga förnamn, men jag tänker inte säga mitt efternamn – för du behöver inte veta."

"Uppfattat. Tja... Drew Murphy är mitt riktiga namn..."

”Jag vet. Du är precis den du säger att du är. Det är bara det att du tyckte att Jacob var en fullständig skitstövel, visst?”

”Han var en mobbande skitunge när vi var barn och han blev inte bättre som vuxen. Ärligt talat tycker jag det är bisarrt att han pratade om mig över huvud taget.”

”Du var bara något att skryta om. Som att ha en olympier eller en NFL-spelare i familjen.”

”Du gillade inte honom heller”, konstaterade Drew skarpsinnigt.

”Han var ännu värre än Gerry på att försöka ragga på mig. Gerry väntade åtminstone tills min man drog åt helvete.”

”Var han faktiskt din man?”

”Nej, han och servitrisen han stack med var båda ATF också. Allt var en del av täckhistorien för att plantera mig här. Det lämnar mig som en figur att tycka synd om, och uppmuntrar dessutom Brethren att vilja försöka komma i mina byxor och eventuellt spilla hemligheter under tiden.”

”Uppmuntrade dina chefer dig att, äh”, han gjorde en delikat paus.

”Börja knulla någon av dem?” Liane såg ingen poäng med att linda in det. ”Inget de kunde beordra, även om de inte skulle ha protesterat om jag hade gjort det. Det hade varit helt och hållet mitt eget val, om jag hade pallat någon av dem, vilket jag inte gjorde. Vilket är bekvämt för dig, för det betyder att jag är tillgänglig för *dig* att inleda en relation med.”

# Kapitel åtta

Drew visste inte riktigt varför han hade trott att Liane skulle bete sig annorlunda när de kom bort från vägkrogen, men hon var precis densamma; rakt på sak, tuff och orubblig. Han sneglade på henne i ögonvrån medan de gick längs stigen tillsammans; långa ben i åtsittande jeans, Dr. Martens-kängor på fötterna, en svart T-shirt urtvättad till grått med den knappt läsbara loggan från ett sjuttiotalsrockband på bröstet, en khakifärgad överskjorta som såg ut att vara militärt överskott, ärmarna uppkavlade till armbågarna.

Han var inte helt säker på vad det var med henne som han tyckte var så attraktivt, men att upptäcka att hon var ATF-agent – lika oväntat som det var – hade faktiskt gjort honom ännu mer dragen till henne.

”Ett förhållande?” ekade han.

”Ja. Det är den perfekta täckmanteln för att vi ska kunna dela information. Jag har fått höra att du inte har någon direkt kanal för att skicka underrättelser, annat än genom mig?" Hon gav honom en frågande blick när de till sist nådde sjöstranden.

"Inget är uppsatt", bekräftade han. "Jag tror att med de tidigare läckorna ville dina chefer på... eh, dina chefer minimera antalet personer som ens vet att jag är här. Så allt jag ger till dig ska du låtsas vara information som du har samlat in självständigt."

Liane nickade, böjde sig ner efter en sten och kastade macka. Den studsade tre gånger innan den sjönk i krusningarna, och hon grimaserade.

"Skit", mumlade hon och valde en ny sten. "Så. Vad har du att rapportera?"

"Jag gissar att du redan vet att Kalebs flickvän langar åt dem på high school?"

"Japp." Hon nickade till bekräftelse. "Vi skickade det inte vidare till DEA, för ärligt talat pratar vi inte med dem. Min chef är övertygad om att det är där läckan finns. Vi håller korten tätt intill bröstet."

"Så ni tänker bara låta en sextonårig tjej fortsätta langa droger till andra high school-elever?" Drew kunde inte dölja ogillandet i rösten.

"Det kanske inte verkar så för dig, men hon är faktiskt det minsta dåliga alternativet just nu. Hon verkar ha en stark vilja att inte åka fast, och följaktligen håller hon hårt i sina jämnåriga. Ingen får gå in för djupt, det är betalning kontant, och om hon tar någon stenad i skolan stänger hon av dem tvärt."

"En langare med hederskodex?"

"Droger säljs på varenda high school i USA, och om du tror något annat är du hopplöst naiv. Att veta vem langaren är, att veta att hennes vilja att inte åka dit trumfar girigheten och får henne att hålla sig inom snäva ramar, är, som jag sa... det minsta dåliga alternativet."

Han gillade det inte, men hon hade rätt. Han plockade upp en egen sten och kastade, svor för sig själv när han helt missbedömde banan och den plumsade rakt ner i vattnet.

"Vad mer har du att rapportera?" Liane såg på när han valde en ny sten och försökte igen, lutade huvudet på sned, försökte kalibrera om med bara ett öga.

"Inte mycket som du inte redan har, tyvärr. Jag vet var de flesta bor och jag känner deras hojar utan och innan, eftersom de har satt mig på skitgöra som att rengöra dem och göra grundservice."

"Problemen med att vara prospect."

"Hur länge? Inte ens Kaleb ger mig ett rakt svar." Drew fick äntligen en sten att studsa, fem gånger innan den sjönk.

"Killen före dig tog sex månader innan de patchade honom."

"DEA-agenten?"

"Japp. Och jag tror att de hade genomskådat honom innan de faktiskt patchade honom. De väntade bara på rätt tillfälle att ta honom, och patchen fick honom att sänka garden. Jag hann inte prata med honom innan han stack, men min chef sa att efterhandsrapporten slog fast att han överlevde på ren tur."

"Det har jag också hört." Drew nickade. Och så hörde han det; ett svagt knaster av steg på stigen ner mot sjön. "Någon kommer", sa han mjukt.

"Det här är tyvärr en populär liten promenad." Liane gjorde en min, samtidigt som hon klev närmare honom. "Lägg armarna om mig", befallde hon, med låg röst.

"Jag, eh..."

"Vi ska bokstavligen vara på första dejten, Murphy. Lägg armarna om mig och sen behöver du kyssa mig. Jag vet inte om det är någon från Brethren eller bara någon som kan tänkas skvallra om vad de sett, men hur som helst måste ordet nå fram att du och jag håller på." Hon kom tätt intill, förde hans armar runt sin midja.

Drew kunde inte hjälpa sin instinktiva reaktion utan stelnade till när hon rörde vid honom. Otympligt lade han armarna om henne, försökte hålla dem lösa så att hon lätt kunde backa om hon ville.

"Herregud, du ser ut som om jag är på väg att knivhugga dig. Försök se ut som att du vill det här?" sa Liane och sökte hans ansikte med blicken. "Är du okej med det här, Murphy? Känns som om rollerna är ombytta, men jag vill inte pressa dig till något du inte vill."

"Det är okej", muttrade han och kände hur han hettade om kinderna. "Det var bara länge sen någon rörde vid mig."

"Detsamma", sa Liane torrt, och han mindes att hon hade varit under täckmantel i över ett år.

Ljuden han hade hört tystnade, och han anade att någon stod precis inne i trädlinjen och betraktade dem under skydd. Håren i nacken reste sig, varje sinne skrek varning.

"Kyss mig om du kan", viskade Liane. "Om inte, pressa bara kinden mot min och få det att se bra ut."

Hon var varm i hans armar och mjukare än hon såg ut, farliga kurvor som smälte mot honom. Det skulle vara alltför lätt att tappa huvudet, men han var fast besluten att inte bli påflugen. Han vände ansiktet mot hennes och gjorde som hon föreslagit, med visshet om att det för deras osynliga åskådare skulle se ut som om de kysstes passionerat.

Liane rörde sig, skiftade i hans famn, men hon försökte tydligt inte smita undan, snarare spelade hon som om hon var uppslukad av ögonblicket. Till sist drog hon undan huvudet en aning och han höjde sitt, såg ner i hennes ögon. Försökte minnas hur han borde se på en kvinna efter att just ha delat en intim kyss.

"Det var verkligen länge sen, va?" sa Liane mjukt.

"Förlåt. Ja. Innan mitt senaste uppdrag drog igång. Inte för att jag någonsin var någon Casanova."

Hon kastade bak huvudet och skrattade, men det fanns inget hån i det, återigen spelade hon sin roll. Hon lyfte handen, lade handflatan mot hans kind och tittade djupt in i hans ögon igen, hennes var en klar, mjuk blå som han nästan kände att han kunde drunkna i.

"Jag är ledsen att det måste vara så här", sa hon stilla, "men jag kan inte komma på någon annan anledning för oss att prata privat regelbundet, och till och med att fixa en dead drop för att lämna lappar innebär risker."

"Inte minst att få tid och utrymme att skriva lapparna skulle vara knepigt för mig just nu", medgav Drew med ett snett leende. Han övernattade hos Kaleb för det mesta, och han tvivlade på att Kaleb ens hade penna och papper hemma. "Det är lugnt. Jag är okej med det om du är det."

"Visst. Men försök vänja dig vid vardagliga beröringar, även om du inte kan förmå dig att kyssa mig."

"Det är inte så att jag inte kan förmå mig." Generad släppte han händerna och backade lite. Försökte skapa lite utrymme mellan dem innan han erkände sanningen. "Det är att jag faktiskt är riktigt attraherad av dig. Har varit sen första gången jag såg dig. Jag vill inte göra det här pinsamt genom att överraska dig med ett oönskat stånd."

”Åh.” Liane såg först förvånad ut, och sedan skrattade hon igen, mer naturligt den här gången, och överraskade honom genom att fläta in sin hand i hans. ”Tja. Om sanningen ska fram är det här ingen uppoffring. I en annan tid, på en annan plats... hade jag mycket väl kunnat swipa höger på dig på Tinder.”

”Är du på Tinder?” På något sätt kunde han inte föreställa sig att en kvinna som Liane behövde ta till nätdejting. Hon var skitsnygg och utstrålade en slående självsäkerhet; han hade svårt att tro att hon saknade killar som ville bjuda ut henne.

”Inte på flera år.” Hon drog i hans hand och ledde honom tillbaka mot stigen. ”Jag måste tillbaka. Baren blir snart full.”

”Kan jag hjälpa till? Kaleb bad mig vara tillbaka hos honom till nio, men fram till dess är jag din.”

”Ja, jag kan nog behöva ett par extra händer, och det ser rätt naturligt ut att jag sätter dig i arbete. Jag visar dig hur det funkar. Har du jobbat i bar förut?”

”Nope. Jag vände burgare ett tag i high school i alla fall. Jag skulle säkert kunna servera vid borden.”

Hon övervägde det innan hon skakade på huvudet. ”Jag gissar att Bull kommer ge mig skit om jag ber dig göra det. Brethren serverar ingen vid borden. Att jobba i bar är inte samma sak.”

”Som du tycker”, sa han jämnt, mer än nöjd med att låta Liane, som kände terrängen betydligt bättre än han, bestämma.

Det syntes inga andra i närheten när de gick uppför stigen till vägkrogen igen, men de höll ändå samtalet lätt och småpratigt, pratade om ingenting särskilt. Liane frågade vilken musik han gillade; han frågade vilka hennes favoritfilmer var. Sånt som ett par som lär känna varandra pratar om, om de inte båda var undercoveragenter som kämpade för att upprätthålla en fasad av normalitet.

Vägkrogen var verkligen på väg att fyllas när de kom tillbaka, en kö hade bildats vid baren. Liane vinkade åt Drew att följa efter och titta på, och kastade sig in i att servera drinkar med liv och lust.

"Jobbar Brethren bakom baren numera?" frågade en snubbe och sneglade på hans väst när Drew ställde hans öl på disken.

"Har du något att säga om det?" morrade Drew.

"Nej!" Killen skakade häftigt på huvudet. "Bara trevligt att se att ni är hederligt sysselsatta, det är allt. Inte för att ni inte annars också, eh, är hederligt sysselsatta!"

Drew gav honom en farlig blick till svar, och killen, som uppenbarligen hade mer hår än sunt förnuft, slängde hastigt upp en tia på disken och flydde med ölen i hand.

"Försök att inte skrämma kunderna", sa Liane när hon gick förbi, och gav honom en snabb klatsch på rumpan som fick honom att hoppa till. "Jag skulle säga att han är en mjukis egentligen, men det vore en gigantisk lögn", kommenterade hon högt, så att några kunder som stod nära nog att höra skrattade.

"Ser rätt *hård* ut för mig", svarade en kvinna som väntade på sina drinkar och lät blicken löpa över Drews fysik. "Om Gerry hade en kropp som den där skulle jag kanske inte ha så mycket emot när han klappade mig på rumpan hela tiden!"

Liane log snett. "Sköt dig, Maura. Drew är upptagen."

"Synd", mumlade Maura, men hon log mot Liane. "Ingen skada i att fönstershoppa?"

”Det finns ingen lag mot det.” Liane ryckte på axlarna och strök medvetet hela sin längd mot Drew när hon passerade. Fast besluten att vänja sig vid vardaglig beröring tvingade han sig att inte rycka till, utan sträckte bara ut handen och lade den kort på hennes midja när hon stannade bredvid honom.

I just ett ögonblick, när hon såg upp på honom, bleknade sorlet i baren runt dem bort. Hans blick föll till hennes läppar, mjuka och fylliga, lätt särade, och han var mycket nära att bara luta sig ner och kyssa henne.

Och så bankade någon i bardisken och ögonblicket sprack. Drew slet blicken från Liane, medveten om att han rodnade och tacksam för att belysningen i baren var ganska dämpad.

Hennes fingrar snuddade lätt över hans arm innan hon rörde sig bort för att ta en ny beställning.

*Det här kommer att bli komplicerat. Att upprätthålla ett fejkat förhållande samtidigt som jag får Brethren att vara övertygade om att jag är en vit makt-anhängare utan moralisk kompass.*

Å andra sidan kunde det vara ovärderligt att ha någon som han faktiskt kunde sänka garden med. Han började redan känna av slitaget av att vara ständigt ”på” efter bara några veckor. Han kunde inte ens föreställa sig hur Liane hade orkat i över ett år hittills. Kanske ännu mer; det var möjligt att hon hade tillbringat hela sin ATF-karriär hittills under täckmantel i olika situationer.

Han sneglade på Liane när hon vant blandade en kanna margaritas till Maura och hennes vänner och undrade hur gammal Liane var. Hennes färgglada pixiefrisyr fick henne att se yngre ut än han misstänkte att hon var. Hon kunde passera för tjugo-någonting, men han gissade att hon nog låg närmare hans egen ålder, trettioett.

Vägkrogen var full av liv, två servitörer tog beställningar och bar ut mat från köket, Drew hjälpte Liane och Joe bakom baren. De närmaste timmarna gick fort, även om han höll ett öga på klockan. Han visste inte om Kaleb skulle rapportera till Bull om Drew inte kom in före nio, och han ville inte testa.

"Jag måste dra", sa han till Liane till slut.

Hon kastade en snabb blick runt. "Jag följer dig ut."

Det började lugna ner sig; köket hade skickat ut de sista målen för en stund sen, och de flesta som bara kommit för att äta hade nu gått. Joe nickade när Liane bad honom hålla ställningarna i fem minuter.

"Jag fick inte tillfälle att säga det tidigare", sa Liane lågt när de stod på parkeringen bredvid hans hoj, "men det finns mikrofoner installerade här med en feed tillbaka till HQ. En vid Brethrens vanliga bord och en i det här trädet där hojarna står. Så om du får möjlighet att uppmuntra någon att prata för mycket på de platserna, gör gärna det."

"Uppfattat." Medveten om folk som rörde sig på parkeringen, vilka när som helst skulle kunna svara glatt på frågor åt Brethren om de blev tillfrågade, sträckte Drew ut armarna. Liane klev villigt in i dem och förde upp sina egna runt hans nacke.

"Har du förlikat dig med tanken på att kyssa mig än?"

"Det har aldrig varit något jag haft invändningar mot, det vill jag bara vara tydlig med!"

Hon skrattade mjukt, och sedan lade hennes hand ett lätt tryck mot nacken på honom, drog ner hans ansikte mot sitt.

*Okej, nu kör vi.*

Han kysste henne.

# Kapitel nio

Liane hade verkligen inte väntat sig att Drew skulle kyssa så här bra. Hans läppar var varma och fasta, underläppen drog lätt mot hennes med en ljuvlig friktion som fick henne att öppna munnen utan att ens mena det.

Hon kände hur Drew stelnade till av förvåning, och sedan slappnade han av i kyssen. Hans tunga strök över hennes, lätt retfull, och hon rös när en plötslig stöt av begär for genom henne.

"Det här kan bli komplicerat." Drew lutade sig tillbaka och viskade det mot hennes läppar.

"Mitt liv är själva definitionen av komplicerat, vad menar du med att det *kan* bli komplicerat?"

Han lät ett lågt, hest skratt undslippa sig innan han drog sig undan. "Jag måste sticka." Förhårdnade fingertoppar följde milt hennes käklinje. "Gänget kommer in på lunch i morgon, så vi ses då."

"Dra in mig i allt du kan. Jag är kvinna så medlemskap är inte aktuellt, men att vara en old lady är näst bäst. Jag tänker låtsas att jag är förblindad av lust; du spelar lite svalare. Om Bull tror att jag jagar efter dig kanske han försöker pressa gränserna med mig, se hur mycket affärer han kan komma undan med att göra på roadhouset."

"Varenda instinkt skriker åt mig att hålla dig långt borta från dem." Drew gav henne ett snett leende. "Grottmansinstinkterna försöker ta över, förlåt."

"För att jag är kvinna?"

Han nickade. "Det är inte det att jag inte tror att du är fullt kapabel, och dessutom betydligt bättre tränad än jag för den här sortens under täckmantelarbete. Det är bara instinkter."

"Försök trampa ner dem. Vi jobbar ihop, och du är inte min livvakt. Ditt jobb här är inte att skydda mig; det är att samla in information."

"Jag vet." Han lutade pannan mot hennes. "Jag har på känn att det kommer kräva allt vi har, båda två, för att ro det här uppdraget i land. Jag tänker inte vara dum nog att försöka kapa bort dig från något i den felaktiga tron att jag skyddar dig."

"Se till att du inte gör det." Liane märkte att hon log ändå. Han var så uppriktig. Så ärlig. Rädslan kröp genom henne; hur skulle den här mannen överleva det nödvändiga livet av lögner som undercoverarbete innebar? Han skulle väl ändå försäga sig förr eller senare.

Å andra sidan, tänkte hon medan hon såg honom svinga sig upp på sin Harley och köra iväg, var hans täcklegend i princip hans verkliga identitet. Det enda han ljög om var sina övertygelser.

Till skillnad från henne. Hon log för sig själv när hon vände sig om och tittade på roadhouset, lyssnade till rockmusiken som dånade därinne. Det var långt, långt ifrån den exklusiva lilla staden i Virginia där Liane Hagerty hade vuxit upp, dotter till två lobbyister i DC som hade skämt bort sina tre döttrar något kopiöst, skickat dem till dyra privatskolor och finansierat varje hobby de fick för sig att testa.

Mellandottern Liane hade varit den sportiga, hennes yngsta syster Jessikah var ett teknikgeni som ägde alla prylar som någonsin skapats – och hade uppfunnit några själv – och äldsta dottern, Kelsey, var familjens skönhet, den sortens tjej som fick huvudena att vända sig var hon än gick. Hon började modella vid tretton och fem år senare tjänade hon mer än båda föräldrarna tillsammans, reste internationellt för att spela in reklamfilmer och gå visningar för stora modehus.

Liane knep ihop ögonen mot svedan av tårar när hon mindes sista gången hon sett Kelsey. På New York Fashion Week, precis efter att ha gått runwayen i en fantastisk coutureklänning. Familjen Hagerty hade gjort en resa till New York så att de för en gångs skull kunde se Kelseys triumf på plats. Vid en firarmiddag efteråt hade Liane följt efter Kelsey in på toaletten och överraskat sin syster med att dra i sig kokain från marmortvättstället.

”Hur i helvete tror du att jag håller mig så här smal?” hade Kelsey fräst när Liane konfronterade henne. ”Ett extra pund och jobben börjar sina rätt jävla fort. Kokset håller igång ämnesomsättningen så jag slipper svälta mig.”

”Vet mamma och pappa?”

”Självklart inte, och du vågar inte säga något.” Kelseys ögon var mörka, farligt glittrande. ”Jag vet vad jag gör.”

Bara femton år, Liane hade inte vetat vad hon skulle göra. Hon hade hållit tyst den kvällen och legat vaken hela natten på hotellet och brottats med sitt samvete.

Morgonen därpå knackade det på hotellrumsdörren, och det visade sig vara polisen. Kelsey hade gått till sin langare efter middagen, tydligen för att köpa mer kokain. Hon hade klivit rakt in i ett pågående revirkrig. En förlupen kula hade träffat henne i magen och hon förblödde innan ambulanspersonalen hann fram.

Från den stunden var Lianes väg utstakad. Hon skulle in i brottsbekämpning. En master i kriminologi och sedan sökte hon till alla större federala myndigheter. ATF var snabba med att knyta henne till sig.

Hon hade pekats ut för undercoverarbete från början. Hon var en naturlig skådespelare och kunde, med rätt frisyr, smink och kläder, se antingen avsevärt yngre eller äldre ut än sina år. De senaste åtta åren, sedan hon gick med i myndigheten, hade tillbringats nästan helt undercover; väldigt få av hennes kollegor på ATF skulle ens känna igen henne till utseendet. Hennes arbete hade satt dit dussintals, kanske hundratals, kriminella. Hållit ännu fler vapen borta från gatorna och utan tvekan räddat otaliga liv.

Det här uppdraget hade dock varit hennes längsta hittills. Väl över ett år mitt i ingenstans, och utredningen gick ingenstans, och hon var trött och började tänka att hennes dagar som undercoveragent kunde vara räknade. Liane ville få vara sig själv igen... om hon ens visste vem det var, efter så lång tid som någon annan.

"Jag ska ta de här killarna, Kels", viskade Liane mot natthimlen. "Jag ska ta dem, och sen... ska jag ta reda på vem jag är nu."

Det hade gått nästan femton år sedan den där förlupna kulan stal Kelseys liv. Nästan halva Lianes liv. Kelseys död hade förändrat hela familjen; hennes föräldrars äktenskap kollapsade inom några månader, pappan gifte om sig snabbt och accepterade snart en tjänst på utrikesdepartementet som skickade honom världen runt. Liane kunde räkna på ena handens fingrar hur många gånger hon sett honom sedan hon tog examen från high school.

Deras mamma hade krupit in i sig själv. Den tidigare självsäkra lobbyisten hade lösts upp till ett nystan av oro och nerver, knappt kapabel att ta sig igenom dagarna. År av medicinering och terapi senare hade hon uppfunnit sig själv på nytt som yogainstruktör och bodde och arbetade nu på ett rehabcenter för rika och berömda – inklusive några av politikerna hon en gång jobbat med.

Jessikah hade också velat in i brottsbekämpning, men hon valde en annan väg. Briljant med datorer blev hon rekryterad direkt från college av NSA. För tre år sedan meddelade hon dock att hon skulle lämna myndigheten och gå till en privat säkerhetsgrupp. Hon var faktiskt mer hemlighetsfull nu i privat sektor än när hon jobbade för staten.

Liane saknade Jessikah mest av alla, och när hon stod ensam utanför roadhouset, ovillig att gå in igen och åter sjunka ner i malandet som hennes undercoverpersona innebar, bestämde hon sig för att när det här uppdraget var klart, skulle hon leta upp sin syster och tillbringa ordentlig tid med henne. Lära känna vem Jessikah var nu och vad hon gjorde med sitt liv.

Kanske skulle Liane till och med få tid att utforska en relation.

Hon skrattade tyst för sig själv och tänkte att Drews kyss verkligen måste ha gjort intryck. Hon tänkte på saker som inte hade slagit henne på åratal.

Ett rop inifrån roadhouset fick henne att sträcka på ryggen och skaka av sig den plötsliga vemodigheten. Det fanns jobb att göra, och ingen annan tänkte göra det. Hon behövde ta sig igenom resten av kvällen, städa upp och, när hon väl var ensam i sin lägenhet, logga in och rapportera till sin kontaktperson att hon hade fått kontakt med Drew och att de skulle låtsas vara ett par för att ge honom bra skydd för att regelbundet lämna information till henne. Hon skulle föra vidare de få småsnuttar han kunnat ge henne, inget av det var nytt, men allt styrkte sådant hon redan hade rapporterat.

Och den här gången skulle hon hoppas att de bestämde sig för att göra något åt den där förbaskade tjejen som sålde droger på high school.

Med det sagt visste hon inte ens om ATF hade delat den informationen med DEA. Efter att de insett att det fanns ett läckage någonstans hade de tre myndigheterna slutat prata med varandra om det här fallet. Förtroendet var på en bottennivå.

En bil svängde in på parkeringen, strålkastarna svepte över Liane ett ögonblick, och hon såg den blåvita lacken, ljusrampen på taket. Ett fordon från sheriffens avdelning.

Plötsligt visste hon hur hon skulle hantera tjejen. Sheriff Hunter hade inte suttit på sin post länge, men han var uppenbart en rättrådig typ, och det fanns inte en chans att han skulle tolerera att en elev sålde droger på en skola i hans distrikt om han kände till det.

Nu behövde hon bara lista ut hur hon skulle få det anonyma tipset in i Hunters öra. Det var inte han som steg ur bilen, men han brukade titta in på roadhouset minst en gång i veckan. Han hade till och med tagit med sin flickvän för att äta, och båda hade berömt maten.

Och just så visste hon hur hon skulle nå Jason Hunter. Hans flickvän var advokat i Woodvale, grannstaden till

Redstone Creek. Hon måste ha en adress, förmodligen lätt att hitta på nätet. Liane kunde skriva ett anonymt tips, underteckna det "en federal agent under täckmantel i Redstone Creek" och posta det till henne.

Nöjd med planen öppnade hon dörren till roadhouset och gestikulerade artigt åt sheriffens biträdande, som just anlänt, att gå före henne in. Hon mindes inte killens namn; ännu en av de nya biträdande som Hunter hade rekryterat när halva avdelningen slutade upp arresterade eller avskedade för samröre med Manhunters.

"God kväll", sa hon glatt.

"Mycket att göra i kväll?" frågade biträdet.

"Inte särskilt. Jag var bara ute för att få lite frisk luft. Köket är klart och det är vardagskväll; folk drar hem snart. Sova lite innan jobbet i morgon."

Den biträdande nickade. "Några problem med Brethren?" frågade han, till synes vardagligt.

"Jag bråkar inte med dem, så bråkar de inte med mig." Medvetet vände Liane honom ryggen för att markera att hon inte tänkte diskutera Brethren med honom. De var inne på roadhouset nu och även om ingen från gänget var där, kunde Liane se minst tre kvinnor som hon visste hade varit tillsammans med medlemmar förr eller senare. En som fortfarande var av och på med Gerry, när hon var tillräckligt full. Det skulle räcka med att någon av dem sa några ord om att Liane pratade med sheriffens avdelning om Brethrens affärer, så skulle allt förtroende för henne vara som bortblåst.

"Har någon av dem varit inne i dag?" envisades den biträdande och följde efter henne till baren.

"Jag för inget register över vilka som går in och ut ur min bar, biträdande sheriff." Hon vände sig mot honom och höjde ett ögonbryn. "Är ni i tjänst eller ledig?"

"Ledig." Han såg förbryllad ut.

"Då föreslår jag att ni sätter er på ändan och beställer en drink, annars kommer mina kunder tro att ni står och spanar vid dörren och väljer ut vem ni ska sätta dit för rattfylla."

Hans ögon vidgades. Och sedan satte han sig snällt på en pall och bad om en Bud Light.

Hon var säker på att hon hörde honom mumla "Hårdskalle" ner i ölen. Vilket hon, ärligt talat, inte hade det minsta emot. Hans närvaro dämpade definitivt stämningen i baren, folk gjorde upp notan och drog på sig jackorna, tog sikte på dörren i rask takt, i hopp om att vara långt borta när han druckit ur och gått. Inte toppen för affärerna, men Liane kunde inte förmå sig att bry sig. Med lite tur skulle stället vara tomt innan stängning och hon kunde få en sällsynt tidig kväll.

# KAPITEL TIO

"ÄR DU KLAR?"

Drew suckade åt frågan, sköt med fötterna mot golvet för att rulla ut verkstadsvagnen under Bulls truck och rynkade pannan upp mot Kaleb. "Jag blir klar mycket snabbare om du inte frågar var femte minut om jag är klar."

"Vi drar till roadhouset och käkar lunch. Kom igen, vi kan komma tillbaka och göra klart det här senare. Bull behöver inte trucken på ett par dagar till, han sa det själv."

"Jag gillar inte att lämna ett jobb halvfärdigt. Det borde inte ta så mycket längre."

"Kom igen, jag är hungrig!"

Drew halvskrattade, reste sig och grep en trasa för att torka sina oljiga händer. "Du kan väl inte fortfarande växa."

Kaleb flinade tillbaka mot honom. "Kanske."

"Okej, okej. Jag antar att jag också är hungrig."

"Och du kan träffa din brud." Kaleb knuffade honom slugt i revbenen när de gick bort till vasken längst bak i Bulls garage för att tvätta av sig. "Två veckor är slut i morgon. Ska du fråga Bull om du får satsa på en relation med henne?"

Drew ryckte på axlarna och spelade oberörd. I ögonvrån hade han sett Bull stå precis på andra sidan den öppna dörren in till huset, och lyssna på dem. "Jag antar det. Min typ brukar vara mer storbystade blondiner i korta kjolar och cowboystövlar. Har aldrig haft en kvinna som käftar emot så mycket heller."

"Men du gillar henne?" envisades Kaleb.

"Jag gillar henne tillräckligt. Och jag tänker inte tacka nej till ett gratis knull. Har tillbringat för många nätter med bara högerhanden som sällskap." Han gav Kaleb en sned blick. "Att vara utsänd till tredje världens helveteshål suger röv."

"Bara du slipper suga röv!" Kaleb skrattade rått och slog honom på axeln, och sänkte sen rösten, vilket överraskade Drew. "Jag ville bara varna dig. Gerry var öppen med att han ville ha Liane och har varit öppet sur över att du har blivit ihop med henne, men Bull hade också span på henne."

*Och Bull kan höra varenda ord av det här samtalet.* Drew tänkte snabbt.

"Jag vill inte trampa någon på tårna. Ska jag backa ur?"

"Nä, det tror jag inte." Kaleb ryckte på axlarna. "Om Bull vill ha henne tillräckligt mycket säger han åt dig att backa och tar sin chans. Men Liane valde ju dig, eller hur? Gjorde väl rätt klart ganska tidigt att hon gillade dig."

"Hon är inte en kvinna som är blyg för att gå efter det hon vill ha", höll Drew med. "Vet inte varför hon valde mig, om jag ska vara ärlig. Kanske bara för att jag är hennes typ."

"Du ser inte så mycket ut som hennes exman", sa Kaleb eftertänksamt, "men jag gissar att han också var lång och atletisk. Och slätrakad."

Till skillnad från Bull och Gerry, som båda var medellånga, kraftiga och skäggiga. Drew hade den seniga, smala kroppen som var vanlig bland soldater i specialförband, muskulös men kapabel att springa långa sträckor med full packning. Och han hade tillbringat tillräckligt många långa insatser utan möjlighet att raka sig och hatade hur det kliade. Nu gick det aldrig mer än ett par dagar utan att han drog rakhyveln över ansiktet.

"Lyssna, jag spelar cool, men hon är en bra kvinna", sa han. "Och dessutom affärskvinna. Man måste respektera en kvinna som jobbar hårt och gör sin verksamhet till en framgång. Det gillar jag verkligen med henne."

"Roadhouset är ett jäkla tillskott", sa Kaleb, när de gick ut ur garaget igen, drog ned porten bakom sig och gick till sina hojar. "Kanske om du dejtar henne blir hon lite mer slapp med oss, va? Ser åt andra hållet om vi behöver göra affärer där."

"Lugn i backarna", sköt Drew in med ett grin. "Låt mig jobba mig fram till det. Jag vill inte bli dumpad innan vi knappt hunnit börja."

Kaleb gick bort för att knacka på husdörren, och Bull kom ut ett par minuter senare, drog på sig jackan.

"Fick du den där oljebyten gjord?" grymtade han och spände fast hjälmen.

"Nästan. Vi gör klart den i eftermiddag", sa Drew.

"Se till att ni gör det." Sen kickade Bull igång sin hoj och det fanns inte mer utrymme för prat.

De följde samma rutin som de följt varannan dag de senaste två veckorna, gled runt i stan och plockade upp alla, tills Brethren var fulltaliga, med enda undantaget Gerry. De åkte aldrig till Gerrys ställe; Drew hade ingen aning om var det låg, men antog att han bodde utanför stan. Sergeant-at-arms väntade alltid på dem vid avfarten mot motorvägen, och körde med dem de sista kilometrarna ner till roadhouset.

Drew visste inte om det var önsketänkande från hans sida eller bara bra skådespeleri från hennes, men Lianes ögon verkade ljusna när han klev in på roadhouset, i svansen på gänget som anstod hans prospektstatus. Hon skruvade i alla fall upp watten på leendet åt honom, även om hon hälsade på Bull först, artig utan att vara underdånig.

"Mycket folk här i dag." Bull grymtade och spanade runt.

"Sommaren är på väg", höll Liane med. "Folk börjar komma ut för att tillbringa helger vid sjön."

"Hm." Bull såg inte särskilt nöjd ut över det, men han såg aldrig nöjd ut över något så vitt Drew kunde se.

"Självklart är ert bord reserverat."

"Jävligt rätt", grymtade Gerry, knuffade sig förbi en grupp människor som väntade vid baren, varav en vände sig om, kanske för att ge ett argt svar, som dog på läpparna när den korpulente, skinnklädde bikern blängde på honom. "Vad glor du på?" morrade Gerry.

Killen såg livrädd ut, fuktade läpparna. "Ingenting!"

"Tycker du att jag är ingenting, va?"

"Nej! Jag - letade bara - efter ett ledigt bord!"

"Lek inte med ungen, Gerry." Cash gav Gerry en knuff i ryggen. "Inget bråk. Vi är här för att äta."

"Hrmf." Gerry blängde några sekunder till, men ungen stirrade redan stint ner i golvet, likblek.

"Hej, du." Liane puffade lätt på Drew på armen.

"Hej." Han lutade sig ner och kysste henne, bara en kort snudd med läpparna.

Hon log upp mot honom och mumlade, tillräckligt högt för att Bull som stod nära skulle höra: "Och det är därför jag aldrig skulle dejta Gerry. Han gillar att skrämma mina kunder. Det är förödande för affärerna."

"Ser ut som att affärerna går rätt bra i dag", konstaterade Drew.

"Det gör de. Om du har lite tid efter att ni ätit färdigt kan vi kanske dra ut en sväng."

"Som en dejt?" Han log.

"Eller vad som nu räknas som det i den här stan. Jag vill till banan. Tänkte att du kunde ge mig skjuts på din hoj."

"Skjutbanan?" Hans ögonbryn flög upp.

"Den där bruden din är en duktig skytt", sa Bull, uppenbart oberörd av att han just avslöjat att han tjuvlyssnade på deras samtal. "Jag har sett henne på banan."

"Den här baren kan bli rätt stökig. Folk sköter sig mycket bättre när de vet att jag har en kapad bössa under disken och är en fullträff med pistol." Liane log brett och visade tänderna. "Har inte varit på banan på ett tag, bara."

"Jag ska egentligen göra klart en oljebyte på Bulls truck", sa Drew och sneglade åt Bull. Klubbpresidenten övervägde kort och nickade sedan.

"Jag uppskattar din lojalitet. På lördag har jag ett ärende du ska köra med den. Så länge det är klart till dess bryr jag mig inte. Ta eftermiddagen med din brud om du vill."

"Brud, är jag?" sa Liane. "Betyder det att vi är officiella?"

"Om du vill. Drew har visat god lojalitet mot oss hittills och jag tror att du kan vara en tillgång för klubben."

"Mina regler..."

”Vi tar dem senare. Kanske utanför öppettiderna, när det är färre öron som tjuvlyssnar på sånt som inte angår dem.”

Liane lade huvudet på sned, studerade Bull eftertänksamt, och tittade sedan på Drew, lät uttrycket mjukna synbart. Spelade den förälskade flickvännen, tänkte han, imponerad av hennes skådespelartalang.

”Okej”, sa hon. ”Jag kan inte låta mitt utskänkningstillstånd vara i fara, men... okej. Vi pratar.”

”Duktig tjej”, sa Bull, och sedan gav han Drew en uppskattande klapp på axeln och gick förbi honom, på väg mot deras bord. ”Hämta första rundan öl”, instruerade han över axeln.

Liane ställde nio ölflaskor och en Cola på en bricka och såg hur Drew lyfte den och tog sig tvärs över baren till Brethrens bord. Han räckte över Bulls öl först och gick sedan runt bordet och serverade alla andra innan han tog sin egen plats, som en duktig liten prospekt, mellan Kaleb och Cash. Kaleb sa något som fick Drew att le och kasta en blick upp mot henne, och Gerry att mörkna där han satt i andra änden av bordet. Kanske hade Bull sagt till de andra att han gett Drew grönt ljus att ha en riktig relation med henne.

Det var inte ens på riktigt, men något i Liane blev ändå varmt av tanken. Tillåtelse betydde att Drew kunde stanna över natten. Betydde att de kunde gå på dejter.

"Jag trodde faktiskt att du var smartare än att ge dig in med någon av dem", sa en röst, och hon gav Merrick, servitören, en bister blick när han plockade upp en kanna öl till ett av de andra borden.

"Jag betalar dig inte för att döma mig, grabben. Håll dina åsikter för dig själv. Bättre för din hälsa också." Hon skämtade inte om det sista. Ingen i Redstone Creek som hade något vett snackade skit om Brethren.

Merrick bara frustade när han gick därifrån. Liane höll leendet borta från ansiktet. Han var en bra kille. Förtjänade bättre än ett liv som servitör i den här återvändsgränden till stad. Han sparade till terminsavgifter för att börja college i höst; hon skulle skriva ett förbaskat bra referensbrev åt honom och förhoppningsvis skulle han kunna få ett annat jobb för att försörja sig medan han pluggar. Faktum är, tänkte hon, att hon borde skriva det där rekommendationsbrevet redan nu och ge det till sin chef, att posta till Merrick ifall hon måste dra tidigt och utan förvarning. Med lite tur skulle jobbet vara klart och hon inte längre vara kvar här till hösten i alla fall.

Lunchruschen ebbade ut, folk droppade av, och Drew dröjde sig kvar när resten av Brethren stack, och gav Merrick en hand med att rensa borden, även om ungen gav honom onda ögat för det. Vilket försvann när Drew räckte honom en liten bunt sedlar.

"Jag hittade de här under tallrikar. Dina dricks."

Merrick muttrade ett otacksamt tack när han tog pengarna, men Liane såg hans förvånade sidoblick när han skyndade in i köket.

"En riktig biker hade inte gett honom pengarna", viskade hon till Drew när hon gick fram till honom.

”Det var hans dricks.” Drew rynkade pannan. ”Han sliter arslet av sig för dem. Varför skulle jag ta pengarna, bara för att jag plockade upp några tallrikar?”

”Din hederskänsla sticker fram. Bara så du vet. Kaleb eller Cash eller Gerry hade stoppat dem i fickan utan att blinka. Nu tänker Merrick att du inte går ihop.”

”Åh.” Drew grimaserade. ”Sabbar jag min täckning?” Hans röst var väldigt låg; de var ändå de enda i rummet nu.

”Nej. Han gillar inte Brethren ändå, så han kommer inte att tjalla, men var bara försiktig. Du agerar inte tillräckligt hänsynslöst.”

”Uppfattat.” Han såg inte särskilt nöjd ut med den tanken. Att vara ett rövhål på nära håll skulle bli knepigt för honom, tänkte Liane, men han skulle behöva smutsa ner händerna åtminstone lite medan han var undercover.

”Är du redo att dra? Jag måste bara hämta min pistol och lite ammunition.”

”Visst. Har du hjälm? Bull säger att vi måste se till att följa trafikreglerna. Inte ge sheriffens folk en ursäkt.” De utbytte en road blick.

”Det har jag faktiskt. Den är där uppe. Ge mig fem minuter. Jag vill ha en ren tröja också.” Som vanligt hade den hon bar blivit rejält nedstänkt av ölspill när hon jobbade i den hektiska baren.

”Ska jag vänta på dig där ute?” Han sneglade mot baren. ”Eller vill du att jag vakar här inne?”

Joey tryckte upp ytterdörren just då, hälsade dem båda med en nick och ett grymt, och Liane skakade på huvudet.

”Nä, Joey tar det. Vi ses ute om fem.”

Drew lutade sig mot hojen när hon kom ner, och hon stannade till ett ögonblick, osedd, för att bara beundra honom. Han såg riktigt bra ut lutad mot den där

Harleyn. Om man nu kunde bortse från gängmärket på skinnvästen, i alla fall.

"Hej." Han rätade på sig när hon närmade sig, lät blicken glida upp och ner över henne i en djärv granskning som hon förvånansvärt nog inte hade något emot, från honom. Hon noterade att hans högra öga inte följde med som det vänstra.

"Hur är det med ditt skytte, med det där ögat?" frågade hon.

Drews uttryck slog igen direkt. "Skit", muttrade han, vände sig bort från henne och svingade benet över hojen. "Mitt djupseende är helt åt helvete. Jag brukade kunna träffa en quarter på en halv mil; nu skulle jag ha tur om jag träffade en bil på det avståndet."

Det måste vara tufft, för en före detta elitskarpskytt. Liane led med honom, men frågade ändå: "Det är med ditt gevär. Hur är det med pistol?"

Han kastade en blick tillbaka på henne när hon satte sig bakom honom, överraskningen tydlig i ansiktet. "Jag har ingen. Har inte skjutit med en på ett tag."

"Du bär inte?" Det förvånade henne. Idaho var ganska slapp när det gällde vapenlagar; öppet bärande var lagligt med licens, och de var inte svåra att få. Hon var rätt säker på att resten av Brethren bar vapen jämt.

"Nej."

"Då är du idiotisk. I vår bransch kommer det högst sannolikt en dag då allt avgörs med vapen. Om du inte har ett, är du inte ens med i fighten."

"Tänk om jag inte träffar ens en jävla lada med den?"

Han lät bitter som fan. Liane lade armarna runt hans midja och hakan mot hans axel, talade direkt i hans öra. "Det där köper jag inte, soldat. Du behöver inte två ögon för att träffa en skitstövel som står rakt framför dig. Ta mig till banan, så skaffar vi dig en förbannad pistol."

Hon kände snarare än hörde ett skratt gå genom hans kropp, och sen lade han kort den ena handen över hennes innan han satte båda på styret och startade hojen. Motorns murriga dån satte punkt för vidare samtal, åtminstone för stunden.

# Kapitel elva

Skjutbanan var ihopbyggd med en lokal sportaffär, eller snarare en vapenbutik, insåg Drew när de gick in. Killen med råttfejset bakom disken var ett ansikte han kände igen. Ett han hade sett hemma hos Cash flera gånger, även om de aldrig hade blivit presenterade. Så vitt han visste var Råttfejset inte medlem i the Brethren – men det var förmodligen precis en sådan sak som skulle göra att tillståndet att sälja skjutvapen blev indraget rätt jäkla snabbt.

”Skjuter du i dag, Liane?” frågade Råttfejset.

”Hej, Bobby. Japp. Ge mig två askar av det vanliga. Och Drew här behöver en puffra.”

Bobby smällde med tuggummit och gjorde en grandios gest mot glasmontern bakom disken. ”Välj vad du vill, mannen. Jag vet att Cash gör upp för dig senare.”

”Generöst”, mumlade Drew mellan tänderna medan han granskade uppställningen av pistoler. ”Behöver inget märkvärdigt.”

”Vad sägs om en enkel Glock 19?” föreslog Liane.

"Visst." Han brydde sig egentligen inte. Det var inte som hans älskade gevär, säkert inlåst i vapenskåpet som var det enda han hade installerat i sin kusins stuga.

Bobby la pistolen på disken och Drew kontrollerade den av ren reflex, plockade isär och satte ihop den igen med några snabba, vana rörelser.

"Hörde att du var i specialförbanden." Det fanns bara respekt i Bobbys ton.

"Rangers." Magasinet var förstås tomt. Drew plockade upp två av de fyra askarna med 9 mm Parabellum som Bobby ställde fram på disken. "Tack."

"Klart." Bobby skakade på huvudet när Liane tog fram sitt kreditkort. "Jag sätter dina på the Brethrens nota." Han blinkade åt henne. "Eftersom du nu är Drews brud och allt."

"Nyheter sprider sig fort", mumlade hon och sneglade mot Drew när hon öppnade dörren in till banan. "Trodde inte Bobby var Brethren."

"Jag tror att han inte kan vara det, officiellt, men inofficiellt? Inblandad upp över öronen. Jag vet inte om det finns en gruppchatt eller något – jag har i alla fall inte blivit inbjuden – men jag tror att han och Cash står varandra rätt nära."

"Cashs brud är Bobbys kusin", upplyste Liane mjukt.

"Aha." Det var logiskt.

Det var ingen annan på banan just då. Det fanns ingen banvärd; Bobby kom in från butiken och bad dem båda skriva under friskrivningar innan han pekade på en hög med hörselkåpor och skyddsglasögon och sa åt dem att ta vad de ville ha. Liane var uppenbart van vid stället, plockade på sig en bunt pappmål och gick ner längs banan med dem, hängde upp ett i vart och ett av de sex skjutfälten.

Drew tog sig tid att ladda Glockens magasin, vande handen vid känslan av de små, knubbiga 9 mm-patronerna igen efter en lång period då han inte hade hanterat något annat än gevärsammunition. *Jag är en ammo-snobb*, tänkte han med ett roat grin åt sig själv, innan grinet falnade.

*Tjugo meter. Det är ingenting.* Han hade toppat all sin vapenutbildning i Rangers, hade regelbundet skjutit med alla möjliga vapen för att hålla sig i form.

Och just nu var han inte säker på att han kunde träffa en pappskiva mer än trettio centimeter bred på tjugo meter. För att inte tala om att träffa mitt i prick.

Liane sa ingenting när hon kom tillbaka till hans sida. Hon bara öppnade dragkedjan i jackan, stack in handen och drog fram en pistol ur ett axelhölster.

Drew hade väntat sig att hon skulle ha en Glock 19M, standard för ATF-agenter, och det var precis vad hon la upp på disken, men... den var rosa.

"Rosa", sa han, oförstående.

Liane blinkade åt honom. "Snygg, eller hur?"

Ingen skulle någonsin misstänka att en federal polis sprang runt med en rosa pistol. Han var nära att skratta.

Liane laddade pistolen med snabba, effektiva rörelser, även om han misstänkte att hon medvetet var lite slarvig. Bobby hade gått tillbaka till butikskassan, men det fanns kameror på banan. Vem visste vem som tittade på dem? Att en kvinna var skicklig med ett vapen var inget ovanligt. En som använde klassiskt polismässiga rörelser, ställning och taktik? Det skulle kunna få varningsklockor att ringa i någons huvud.

Eftersom Drew visste vad han skulle leta efter såg han hur Liane medvetet slappnade av i hållningen, blev slapp, när hon klev upp till skjutlinjen. Hon tömde ett helt magasin, femton skott, i jämn takt: enkelsskott, lät handen sjunka tillbaka efter varje rekyl, tog om siktet metodiskt innan hon sköt igen.

Hon träffade tavlan, men i ojämna grupperingar, aldrig i X-ringen. Han misstänkte att hon medvetet kastade ur siktet en aning, för att inte verka för bra för den som tittade; precis tillräckligt bra för att framstå som kompetent och farlig, inte så bra att hon såg välutbildad ut.

När hon kom till slutet av magasinet tryckte hon ut det och la ner pistolen på disken innan hon vände sig mot Drew, med de blå ögonen stadiga bakom de klara plastglasögonen. "Nästa tavla är din."

"Jag..." Han tystnade. "Jag vet inte om jag kan träffa", sa han lågt efter en stund.

"Jag skiter fullständigt i om du tror att du kan träffa nu, innan vi går härifrån kommer du *att* kunna det."

Drews ögon blev stora av chock när Liane klev närmare och talade med låg, intensiv röst.

"Du är min backup här, Drew Murphy. Om skiten träffar fläkten måste du *ha min rygg*. Inklusive att skjuta bort folk från den, om det kommer till det. Du behöver inte två ögon för att skjuta med en jävla pistol, så plocka upp den där och börja skjuta."

Drews händer rörde sig innan hon ens var klar. "Du låter som min gamla utbildningssergeant från dagarna i grundutbildningen", grymtade han, även om det var löjligt att jämföra de två. Sergeant Diaz hade räckt till två Liane. Tonen var densamma, däremot; lugn, fullständigt orubblig i övertygelsen om att order skulle åtlydas. Sergeant Diaz hade aldrig behövt skrika för att få fram sin poäng, och det behövde inte Liane heller.

”Jag bryr mig inte om vi bränner igenom de här fyra hela askarna med ammunition”, sa Liane lugnt medan han satte i det laddade magasinet i pistolen, händerna skakade lite av nerver. ”Jag bryr mig inte om vi måste gå och köpa fyra askar till. Eller åtta. Du kommer att få in det här, Drew. Vi måste bara träna om dina reflexer.”

Det skulle inte behövas fyra askar, såg Liane när han började skjuta. Ja, han missade några här och där, men inte med mycket. När han slöt sitt dåliga öga och började fokusera blev det dessutom dramatiskt bättre. Hon lutade sig mot disken och tittade tyst på. Utan tvekan hade han många fler timmars bantid än hon; det skulle vara förolämpande att komma med tips. Han skulle lista ut det själv.

Även om det tog fyra askar.

Drew sköt tre magasin i den första tavlan innan han gick över till den andra, och direkt såg Liane att han hade knäckt det. Han missade inte tavlan alls den här gången. Och när han kom till den sista tavlan satt alla hålen i en tight klunga inte större än hennes hand.

Hon såg hans axlar sjunka när han säkrade vapnet och ställde ner det på disken, och sedan vände han sig mot henne, med ett leende som drog upp mungiporna.

”Tack. Uppenbarligen behövde jag bara någon som sparkade mig i arslet.”

”Du hade tappat modet. Det kan hända vem som helst”, sa hon mjukt. ”Att förlora synen på det där ögat är en djävulsk sak att ta sig förbi. Men om du intalar dig att du inte kan, så kommer du aldrig att kunna. Då har du redan förlorat innan du ens har börjat.”

”Är det så du tar dig igenom... det du gör?”

”Självtillit? Det är enda sättet att överleva i mitt jobb.” De hade båda tryckt ner hörselskydden runt halsen och pratade tyst, näsa mot näsa. Det skulle se ut som ett intimt samtal mellan älskande för den som tittade på kamerorna. ”Jag har gjort skillnad. Gjort saker som ingen annan, utifrån, hade kunnat hantera. Och det kommer jag göra igen.” Försiktigt petade hon honom med ett finger mitt på bröstet. ”Det kommer du också.”

Det blev ett kort ögonblick av elektrisk tystnad. Drew lyfte handen, slöt fingrarna runt hennes. Förde dem till munnen och kysste hennes fingertoppar lätt.

Liane drog ett djupt, långsamt andetag. Vägde för och emot i huvudet.

Vågen slog tungt åt för-sidan.

”Vi borde åka hem till mig.”

Drews ögonbryn flög upp. ”För att... prata?”

”Det kan vi göra, absolut. Men jag hoppades att du skulle vara öppen för mer.”

”Är det...” Han pausade, verkade sortera och kassera flera ord innan han valde dem han ville ha, ”personligt val?”

”Ja.” Hon log upp mot honom. ”Det finns inga regler emot det, om det var det du undrade. Och jag är inte beordrad att förföra dig eller något sånt. Att få sänka garden med någon är en sällsynthet. Att få göra det med någon jag hade varit väldigt attraherad av om vi hade träffats i något som ens påminner om våra riktiga liv? Ytterst osannolikt. Du kan säga nej, förstås... men jag tror att vi båda skulle må bra av att lätta på trycket.”

”Är det det det skulle vara… bara att släppa på ömsesam spänning?”

”Om det är så du vill kalla det, visst.” Liane ryckte på axlarna och ignorerade en irriterande liten röst längst bak i huvudet som viskade om känslomässigt engagemang. ”Jag kan inte lova villaidyll med vita staket. Det kan inte du heller. Det är högst troligt att vi aldrig ser varandra igen när allt det här är över.”

”Uppfattat.” Han såg djupt in i hennes ögon och verkade sedan fatta ett beslut. ”Bara så du vet. Om det här var något som liknade våra riktiga liv… skulle jag nog gå och hoppas på det där vita staketet. Men eftersom det inte är det, tackar jag mer än gärna ja till ditt erbjudande.”

Den lilla rösten i hennes huvud blev högre, men Liane ignorerade den envist. Hon ställde sig på tå, slingrade en arm om Drews nacke och drog ner honom mot sig.

Den här kyssen var inte för syns skull. Inte övning. Inte trevande. Den var djup och hungrig från första stund, två människor utan utlopp för djupt begravda passioner som fann frihet i varandra.

Drew gav ifrån sig ett dämpat ljud mot hennes läppar, men det var inte protest, för när hon drog sig tillbaka för att se på honom skakade han på huvudet och drog in henne igen. Morrade hennes namn mellan andetagen.

Det var länge, länge sedan en mans kyss hade fått Lianes tår att krulla sig, hade fått magen att knyta sig av spänning. I ett kort ögonblick glömde hon var de var, glömde allt utom hettan från Drews mun mot hennes, den smala, fasta kroppen när hennes händer for över hans bröst.

Och sedan kände hennes fingrar kanten på hans läderväst och hon ryckte till.

"Jag vill få av mig den här", sa Drew, lågt och bråttom. "Det är inte den jag är."

"Jag vet." Och det gjorde hon; västen var som en uniform för honom, och han måste bete sig på ett visst sätt, spela sin roll när han hade den på sig. "Hemma hos mig."

"Ja."

De samlade ihop pistolerna och den ammunition som var kvar, städade upp de tomhylsor de skjutit, slängde de perforerade tavlorna utan att säga så mycket, de jobbade bara effektivt och behövde ta sig därifrån så fort som möjligt. Drew stannade dock i butiken på vägen ut för att torrt tacka Bobby och välja ett axelhölster till sin nya pistol, tog av sig västen en kort stund för att få hölstret att sitta tight mot kroppen.

"Det är inte direkt snabbdrag, men inte fan stoppar jag åbäket i byxorna och skjuter mig i röven", muttrade Drew när han knäppte västen igen och klappade sidorna, kollade att pistolen inte stack ut för mycket.

Liane höll handen för munnen och försökte att inte skratta åt bilden hans ord målade upp. Hon visste att han syftade på Gerry, som faktiskt alltid hade pistolen nedstoppad i ryggslutet, ofta tydligt synlig när han rörde sig. Hon hade varit frestad så många gånger att bara ta den, men Gerry var inte typen man smart spelade spratt med. Han hade förmodligen trott att hon försökte flirta med honom.

# KAPITEL TOLV

Färden tillbaka till roadhouset tog dem förbi high school, där Liane lade märke till ett par fordon från sheriffens avdelning parkerade utanför grindarna och en söt blondin i hejaklacksuniform som leddes ut i handfängsel. Hon dolde ett leende mot Drews rygg när de dånade förbi.

"Var det den jag tror, som blev gripen?" frågade Drew när de parkerat hojen och gick upp till hennes lägenhet ovanpå roadhouset.

"Jag vet inte vem du kan syfta på", sa Liane dygdigt, och alldeles osant.

Drew granskade henne skeptiskt. Hon bjöd på ett oskyldigt leende.

"Hm." Han fiskade upp sin mobil. "Jag borde nog rapportera in det. Annars kan det komma ut att jag åkte förbi, och då får jag frågan varför jag inte ringde in det."

"Självklart." Hon tog fram sina nycklar och låste upp dörren till sin lägenhet. Drew såg på den tunga dörren med tre separata lås med höjda ögonbryn, men kommenterade inte.

Hon var en ensam kvinna som bodde i en lägenhet över ett roadhouse. Det var fullkomligt logiskt att hon tog sin personliga säkerhet på allvar.

Hon vinkade Drew till soffan och gick till köket för att starta kaffemaskinen. Även om hon inte behövde vara nere i baren förrän vid sexsnåret, skulle det bli en lång kväll efter det. Hon behövde kaffe för att orka.

"Ja, jag är ganska säker på att det var Kalebs tjej", hörde hon Drew säga bakom sig. "Sheriffens avdelning. Nej, jag såg inget som såg ut som en Fed-bil. Hur skulle jag veta? Tjejen är cheerleader. Klart hon har fiender. Någon av dem skvallrade väl på henne."

*Nå, det kan mycket väl ha varit någon nördig unge som den snygga cheerleadern och hennes kompisar gav sig på,* tänkte Liane. Det var en fullt rimlig förklaring.

"Jag vet väl för fan inte. Fråga henne, eller be er advokat fråga henne! Förmodligen någon kille som ville bjuda henne på dans och hon nobbade honom! Vem tusan vet?" Drews röst steg irriterat. "Jag ringde för att jag tänkte att ni kanske vill säga det till Kaleb själva. Vill du att jag ska komma in?"

Han fick uppenbarligen ett nekande svar, för hans röst dämpades, och när Liane hade hällt upp två koppar kaffe var samtalet över och han kom och ställde sig i köksdörren och såg på henne.

Han hade inte slösat någon tid på att dra av sig kutten, konstaterade Liane när hon vände sig mot honom, och han hade tagit av sig pistolen och hölstret också. Den svarta T-shirten klamrade sig kärleksfullt kring hans smala, solida kropp, bicepsen buktade tjockt ur ärmarna.

”Kaffe?” frågade hon, med full vetskap om att hon åt upp honom med blicken. Vetskap om att han såg det.

”Ärligt talat bryr jag mig inte.” Han kom gående mot henne i en lätt, smidig prowl.

Liane slickade sig om läpparna.

”Jag var rätt säker på att du bjöd med mig hit för något annat än kaffe.” Han hakade in tummarna i bälteshällorna, blev stilla, väntade. Väntade på att hon skulle ta första steget.

Hans tålamod var en av de sexigaste förbannade sakerna med honom, erkände Liane för sig själv. Så många män var klåfingriga, eller tyckte att om man gav en tum var det en inbjudan att ta en mil. Kanske var det hans prickskytteträning. Alla dessa ändlösa timmar av väntan. Han såg ut att vara fullständigt beredd att vända och gå om hon sa att hon hade ångrat sig.

Hon hade definitivt inte ångrat sig. De kanske inte skulle få mer än de här få stulna stunderna, men dem tänkte hon ta och vara tacksam för. Hon sträckte ut händerna, grep dubbla nävar av hans tröja och drog upp.

Drew fattade vinkeln direkt, slet av sig tröjan över huvudet och lät den falla.

Han hade sannerligen inte låtit sig förfalla sedan sitt medicinska avsked från Rangers. Om han hade ett enda överflödigt hekto på kroppen kunde hon inte se det. Han var slank och hård, mörkt hår krullade sig över bröstet och fortsatte som en smal hårstrimma som pekade ner mot linningen.

Hon hade varit med killar som var gymtränade. Ett par kollegor som höll sig i form. Men inte så här, inte Special Forces-form. Hon räckte ut handen nästan förundrat och följde åtta— åtta! —perfekt skulpterade magrutor.

En varm hand fångade hennes, pressade den mot huden, och den andra armen snodde sig runt henne.

"Din självsäkerhet är så jävla sexig", sa Drew, med låg och hes röst. "Jag kunde inte ta ögonen från dig redan innan jag visste att vi stod på samma sida."

"Detsamma", erkände hon, och sedan sträckte hon sig upp och kysste honom.

Med hans tröja av kunde hon utforska hela den där delikata bålen med händerna medan deras tungor lekte, lätt i början och sedan djupare, hungrigare.

Drew gav ifrån sig ett vilt ljud i halsen och plötsligt kupade han händerna under hennes rumpa och lyfte, satte henne på köksbänken, vilket placerade deras munnar i exakt samma höjd.

Instinktivt särade Liane på benen, hakade dem runt hans midja och drog in honom nära, så att de låg bröst mot bröst. Omedelbart visste hon att det inte räckte, att hon behövde hud mot hud, och hon drog sig tillbaka igen, fumlade för att knäppa upp jackan och slita av den. Hon fick inte upp knapparna på skjortan; en av dem for av och hon började skratta.

"Hjälp!"

"Jag har dig." Hans händer var varma och stadiga när han tog över, knep upp knapparna och sköt skjortan bak över hennes axlar.

"Jag önskar att jag hade haft finare underkläder", sörjde Liane med en blick ner på sin enkla svarta bomulls-bh.

"Det är vad som är i dem som räknas." Hans flin var lömskt när handen gled bakom hennes rygg och knäppte upp spännet med lätthet.

"Det är inte så mycket av det heller!"

"Mer än en handfull är slöseri, tycker jag." Bh:n for åt sidan, och sedan fyllde han händerna och lutade sig in för att kyssa henne igen.

Han var stenhård, en tung stång som tryckte mot henne genom flera lager tyg. Hon fick inte nog, inte nog med friktion, inte nog av hans smak. Hon drog trubbiga naglar nerför hans rygg, slet loss munnen från hans. "Sovrummet. Fast, badrummet först. Kondomer i skåpet."

"Visa mig åt vilket håll." Han samlade upp henne, tog hennes vikt utan ansträngning.

Hon låste ändå benen hårdare runt hans midja, lite rädd att bli tappad. "Bakom den där dörren, sedan nästa dörr nerför hallen."

"Jag har dig." Han verkade inte ha det minsta problem med henne, frigjorde till och med ena handen för att vrida om handtaget till sovrumsdörren, innan han lade ner henne på sängen. "Och... badrummet?"

"Där inne. De ligger i skåpet ovanför handfatet."

Han var tillbaka på ett ögonblick, släppte ner asken på nattduksbordet bredvid boken hon läste, och sneglade på den med ett grin. "Andy Weir? Jag hade inte riktigt sett dig som en science fiction-läsare."

"Han berättar en bra historia. Håll tyst om min lässmak och få av dig de där jeansen." Hon hade inte varit sysslolös medan han var borta, hon hade dragit av sig boots och strumpor och jobbade nu med bältet.

"Javisst, frun."

"Och kalla mig definitivt inte det! Vi är inte i militären och du står inte under order!" Hon skrattade dock, och det gjorde han också när han knäppte upp bältet.

"Vadå, vill du inte ge mig order?" Han var lekfull, och hon var fullständigt charmad.

Och, måste hon medge, extremt upphetsad. De var båda nakna nu, och Drew satte ett knä på sängen och kröp över henne, kysste henne långt och långsamt innan han gled ner längs hennes kropp för att ägna brösten sin uppmärksamhet, kyssa och slicka och suga på hennes bröstvårtor tills hennes ögon rullade bakåt i huvudet och mjuka, desperata stön föll från hennes läppar.

Lianes hårda attityd försvann i sängen, tänkte Drew medan han smekte henne och beundrade hennes kropp, slank och stark. Kroppen hos en kvinna som arbetade hårt, och hon hade händer som matchade, med korta slitna naglar, skråmor och jack här och där, förhårdnad hud i handflatorna. Hennes bröst var små, men vackert formade, bröstvårtorna fylliga och saftiga, hårda toppar i hans mun. Han grinade roat när han gled lägre ner och fann en blond tofs som definitivt inte matchade det svartlila håret på hennes huvud.

”Äkta blondin?”

”Sch, säg inget till någon. Det är en hemlighet.”

De började båda skratta igen.

Han tyckte så förbannat mycket om henne. Gillade hennes no-nonsense-attityd och rappe kvickhet, hennes torra humor och vilja att skratta åt sig själv. Att släppa taget skulle bli ett helvete, det visste han redan, men hon hade gjort klart att några fysiska möten var allt hon kunde erbjuda, och han ansåg sig lyckligt lottad som fick ens det.

Just nu var han fast besluten att se till att hon hade det jäkligt bra, så han fortsatte hasa ner i sängen tills han låg mellan hennes lår, hennes ben över hans axlar, ansiktet begravt mellan hennes lår, tungan som arbetade långsamt och mjukt för att lapa över hennes känsliga pärla. Åtminstone försökte han vara långsam och mjuk, men det varade inte länge, för Liane spände benen runt hans hals, grep tag i en näve av hans hår och manade:

"Mer!"

Han gav henne det, lade till ett finger, gled upp i henne, fann henne redan hal och så het. Ett andra finger och hon stönade, höfterna lyfte från sängen, rullade mot stöten från hans fingrar. Han smög upp tummen mellan de mjuka blygdläpparna, snärtade mot undersidan av hennes klitoris samtidigt som hans tunga arbetade över toppen.

"Åh, fan. Ja. Ja, våga inte sluta, ah, där, *precis där*!"

Det dröjde inte alls länge innan Liane i det närmaste skrek ut sina krav, och han tänkte minsann inte svika henne. Han fortsatte arbeta, tungan dansade, fingrarna pumpade, tills han kände det avslöjande fladdret och krampen i hennes väggar, och då saktade han, utan att sluta helt, bara strök henne igenom det, förlängde orgasmen åt henne.

"*Jäv*-lar", viskade Liane hest ett par minuter senare.

"Är du okej?" Han drog sig tillbaka lite, med ett litet flin, men det var svårt att inte känna sig nöjd när hon just hade kommit hårt av hans fingrar och tunga.

"Puh." Hon stirrade upp i taket, andades snabbt, fingrarna fortfarande hårt om hans hår. "Jag är det om en minut. Kom upp hit." Hennes fingrar lossnade, handen föll ner och klappade på sängen bredvid henne. "Lite mys vore fint."

”Mysa låter fantastiskt.” Han kunde ärligt talat inte minnas när han senast hade legat och myst med någon. Han lade sig på sidan bredvid henne, böjde lätt en arm över hennes midja, spände den när hon rullade över mot honom, linjerade deras kroppar, och hon pressade ansiktet mot hans hals.

Han kunde känna hur pulsen fortfarande hamrade, hennes hud var het, lätt glansig av svett. En hand gled över hans höft, arbetade sig in mellan dem.

”Ingen brådska”, sa han, men orden kapades av ett strypt stön när hon slöt handen hårt runt hans kuk och *klämde åt*.

Han var redan hård. Hennes starka, självsäkra grepp förde honom direkt nästan till bristningsgränsen. ”Okej, nu har jag *visst* bråttom.”

Hennes skratt var hest och självsäkert. ”Hämta kondomerna, soldat. Jag måste tillbaka till jobbet om en stund.”

Drew hade hellre stannat här i sängen med henne hela dagen, älskat och utforskat deras kontakt långsamt och njutningsfullt, men han lydde och sträckte ut en lätt skakande hand.

Liane tog kondomen från honom och rullade på den vant, innan hon puttade honom på rygg och gränslade hans höfter. Han hade långt ifrån några invändningar, beundrade henne medan hon reste sig och placerade sig över honom, lät spetsen av hans kuk glida in i henne innan hon blev stilla.

”Herrejävlar”, mumlade Drew, torr i halsen. Han drack in henne med blicken, denna vackra, självsäkra, starka kvinna som utan tvekan sa vad hon ville ha och gick efter det.

Hon var djävulskt sexig, och det krävdes varenda uns av hans självbehärskning för att ligga still och låta henne ta honom i sin egen takt, att inte skjuta upp och tränga djupt in i henne. Han hade fått henne riktigt hal, men han var inte liten, och han ville inte göra henne illa.

"Helvete", muttrade Liane medan hon sjönk ner, långsamt och lätt. Hennes lår skakade när Drew lade händerna på dem, och han insåg att hon inte var riktigt så avslappnad som hon verkade.

"Lugnt", viskade han.

"Så full", flämtade hon tillbaka, halvt skrattande.

"Det är okej, ta din tid."

"Men det vill jag inte! Det känns så skönt." Hon rörde på sig, gled ner den sista centimetern. Deras ljumskar möttes.

Drew kunde inte hålla tillbaka stönet som bröt ur honom, eller den desperata lusten att röra sig. Han knixade uppåt, magmusklerna spändes, istället för att bucka höfterna. Desperat sökte han med munnen, fångade en av Lianes svullna bröstvårtor och sög hårt, manade med händerna på hennes lår när hon började gunga mot honom.

"Ja." Hon grep hans axlar, tog spjärn mot honom och red honom som en vildhäst, ökade den gungande rytmen i höfterna.

Han skulle inte hålla länge, men tack och lov verkade Liane också se till att hon hade det bra, för just som han kände fyrverkerierna börja explodera uppför ryggraden, stannade hon och flämtade, böjde sig framåt och höll dem tätt sammanpressade.

"*Faaaaan!*" Drew skrek det nästan när klimaxet slet sig ur honom. Han klamrade sig fast vid Liane, inte helt säker på var han slutade och hon började när de skakade tillsammans.

Hon föll ihop mot honom, plötsligt slapp, och han sjönk tillbaka mot kudden.

"Jag hade inte väntat mig att det skulle kännas så där bra", mumlade Liane mot hans bröst.

"Det där var..." Han kunde inte ens komma på ord för att beskriva det. Spektakulärt kändes som att underdriva rätt rejält. Till slut nöjde han sig med "Wow."

Hon fnissade, och den lätta fladdringen av inre sammandragningar fick hans ögon att rulla bak igen. "Det täcker det, ja."

De låg intrasslade, fortfarande andfådda, i flera minuter. Drew hade mer än gärna stannat där resten av dagen, men Liane suckade till slut och gled tillbaka, och gled av honom.

"Jag måste ta en dusch."

"Vill du att jag går?"

"Ingen brådska." Hon viftade med handen åt honom. "Stanna där en stund. Jag önskar att jag kunde stanna där med dig, men det blir snart fullt upp därnere."

"Jag borde tillbaka till Bulls. Han har satt mig på lite underhåll på hans van."

Liane stannade, halvvägs till badrumsdörren. "Jaså? Han använder inte den där vanen så mycket. Har han planer?"

"Inget han har delat med mig än, men han sa att han har ett ärende åt mig om ett par dagar." Drew satte sig upp och såg på henne. "Har du en spårsändare eller något du vill att jag sätter på den?"

"Jag har någon som håller koll på din telefon", sa hon. "Det är en sjukt enkel modell de gav dig, men den måste fortfarande pinga mobilmaster. En tracker på vanen vore för riskabelt, tror jag. Brethren kanske uppträder burdust men de är mer tekniskt sofistikerade än man kan tro. Cash har en examen i elektroteknik.”

”Fan”, sa Drew, och märkte att han inte var särskilt förvånad. Klubbens sekreterare var en tystlåten man, men det pågick alltid kalkyler bakom ögonen, och Bull litade på honom mer än på någon annan, till och med mer än på sin egen brorson Kaleb. ”Ja. Han skulle kunna hitta en tracker.”

”Vad det än är för ärende, så länge du inte bokstavligen blir skickad för att döda någon, så gör det bara. Jag vet att det sitter emot att köra vapen eller knark, men det här blir ett test. De kommer inte lita på dig med något stort förrän du bevisat dig på småsakerna. Vad det än är, rapportera tillbaka till mig efteråt så skickar vi det vidare till mina chefer för att besluta vad vi gör åt det.”

”Och om jag bokstavligen blir skickad att döda någon? De vet att jag var prickskytt. Och jag lurar inte mig själv – prickskytt är bara ett annat ord för statligt sanktionerad lönnmördare. De har inte Manhunters längre som städar upp deras röra.”

Liane gjorde en min vid nämnandet av seriemördargänget, satte sig ner igen på sängkanten. ”Jag tycker... spela det exakt så. Säg att du slutade vara lönnmördare och att du inte är sugen på att ge dig in i leken igen. Var stroppig. Fråga om de försöker sätta dit dig för mord. Säg till den som ger dig ordern att göra sitt eget jävla smutsjobb. Undercoverarbete urskuldar mycket, men mord är inte en av dem. Självförsvar är en annan sak, förstås.”

”Har du?” frågade han, nyfiket.

"Dödat i självförsvar? Ja. Två gånger. Jag har också varit med på flera insatser där allt gick åt helvete och kulorna började vina, och då sköt jag också brottslingar." Hennes blå ögon var stadiga. "Du behöver inte oroa dig för att jag skulle tveka att trycka av, om det blir nödvändigt."

"Efter att ha sett dig på skjutbanan var jag inte orolig."

"Vi vet båda att skjutbanan inte är verkligheten."

Han nickade till erkännande, och hon nickade tillbaka innan hon reste sig igen och gick in i badrummet. Duschvattnet började rinna och Drew lade sig tillbaka igen och funderade på vad hon sagt. Han körde några scenarier i huvudet och planerade vad han kunde säga om Bull faktiskt gav honom en order han inte kunde utföra.

# Kapitel Tretton

När hon kom tillbaka från badrummet och torkade håret med handduken, stannade Liane upp ett ögonblick för att beundra den nakne mannen i hennes säng. Drew låg med händerna bakom nacken och stirrade upp i taket, en syn för gudar.

"Vill du ha något att äta? Jag tänkte slänga ihop en macka åt mig själv innan jag går ner."

"Låter bra", höll han med, och sneglade på henne innan han rullade upp och grep efter sina kläder. De som fanns i sovrummet, i alla fall. Hon log åt minnet av hur hon slitit av honom skjortan i köket.

Drew tittade på henne medan hon klädde på sig, och Liane tog god tid på sig, rotade med flit igenom underklädeslådan efter något lite finare än hennes vanliga svarta bomull. Hon hittade inget som matchade ... men hon hittade ett par vita silkiga boyshorts och en ljusblå spets-bh, och uttrycket i Drews ansikte när hon tog på dem gjorde besväret värt det.

”Stoppa tillbaka tungan”, retades hon och fiskade upp ett par rena jeans ur en låda. ”Jag har inte tid.”

”Mm.”

Han stirrade fortfarande, och det kändes jäkligt tillfredsställande. Liane fick sin beskärda del av manlig uppmärksamhet – inte bara den envise Gerry, det fanns gott om andra killar i Redstone Creek som försökt få ner henne i sängen – men hon fick nästan alltid känslan av att de var mer intresserade av henne som framgångsrik företagare än som kvinna.

Uppskattningen i Drews blick handlade bara om henne som kvinna, och det fick en märklig, helt ny värme att svälla i bröstet.

Avsiktligt vände hon bort ansiktet och klädde på sig klart. *Du har inte råd att låta känslorna bli inblandade här*, snäste hon åt sig själv i tysthet. *Det här är bara sex, det sa du själv. Släppa på trycket, bli av med spänningar med den enda mannen i den här stan som du faktiskt kan lita på.*

Hon kunde ändå inte stoppa de förbaskade fjärilarna i magen när han grep henne om armbågen och drog in henne för en kvarhängande, het kyss på läpparna innan han släppte taget och gick ut i köket för att leta rätt på resten av sina kläder.

Liane blåste ut en pust luft. Hon föll tillbaka mot väggen innan hon skakade på huvudet. ”Skärp dig, tjejen”, mumlade hon. ”Du är på upploppet nu. Bli inte distraherad.”

Ett steg i taget. Bryt ner uppgifterna framför henne i mindre, hanterbara moment. Avgränsa. Stuva undan de komplicerade, röriga känslor hon inte på något sätt kunde ta itu med just nu.

*När är du någonsin i läge att ta itu med dina känslor?* frågade en liten röst i bakhuvudet, torrt.

Den lät väldigt mycket som rösten från hennes sedan länge döda syster.

”Håll tyst, Kels”, viskade Liane tillbaka.

*Sluta leva ditt liv för mig och börja leva det för din egen skull, Lee. Börja leva* ditt *liv.*

”Jag vet inte ens vad mitt liv är”, muttrade hon. ”Jag är undercoveragent. Det är allt.”

Ändå, när hon lämnade sovrummet och gick tillbaka till köket, fick hon en skymt av Drew som satte sig vid bordet och tog på sig kängorna, och hjärtat gjorde ett litet märkligt skutt.

*Kanske är det bara min förbannade biologiska klocka som ringer. Väljer ut en bra avelshingst till mina barn. Och varifrån kom DEN tanken?*

Liane skakade på huvudet och skrattade åt sig själv. Att skaffa barn hade aldrig ens slagit henne förrän i den stunden.

”Vill du dela med dig av skämtet?” frågade Drew nyfiket.

”Bara en flyktig tanke.” Hon öppnade kylskåpet, plockade fram kalkon, lite schweizerost och en påse blandad sallad. ”Kalkonmacka?”

”Låter bra.”

”Senap, majonnäs eller båda?”

”Definitivt båda, tack.”

Hon lade en saltgurka och en näve potatischips på sidan av varje tallrik, och han tackade när hon ställde ner en framför honom.

”Iste?” erbjöd Liane. ”Riktigt söt iste. Jag gör det själv”, lade hon till när han gav henne en misstänksam blick.

”Georgia-tjej”, mumlade han.

”Virginia, faktiskt. Min mormor är verkligen från Georgia, men mina sydstatsvanor är helt Virginia. Det är där jag växte upp – även om min täckhistoria säger att jag är från Detroit.”

”Har du familj kvar i Virginia?”

”Min mamma. Hon och min pappa gick skilda vägar för några år sen. Han är på USA:s utrikesdepartement, tog ett bekvämt uppdrag som chef för amerikanska konsulatet i Barcelona, Spanien. Mamma var lobbyist, men hon gick i pension. Hon saktar inte ner, dock. Hon köpte in sig i en yogastudio som drivs av hennes långvariga yogainstruktör.”

”Några syskon?”

”En syster. Hon är någonstans i Silicon Valley.”

Drew höjde ögonbrynen. ”Någonstans?”

”Hon är rätt hemlighetsfull med det. Hon var på NSA – hon är ett datorgeni. Men hon blev rekryterad till någon slags privat säkerhetsgrupp och flyttade till deras huvudkontor i Kalifornien.”

”Låter som en nyttig person att känna. Särskilt med misstänkta läckor i en eller annan av de inblandade myndigheterna i det här fallet.”

Kommentaren slog ner i Liane som en blixt från klar himmel. *Självklart.* Hon hade varit försiktig med att föra vidare vissa detaljer till sin chef, ifall hennes täckmantel kunde bli komprometterad. Men Jessikah – Jessikah var någon Liane kunde lita på till hundra procent, och hon var inte bunden av myndighetsprotokoll. Kanske kunde *hon* lista ut exakt var läckan kom ifrån. Hjälpa dem att täppa till den innan någon annan blev skadad.

”Jag måste sticka”, sa Drew och reste sig. ”Tack för mackan.”

Hon hade ätit mekaniskt, stirrat ut i tomma intet medan hon funderade på hur hon skulle kontakta Jessikah. Hon behövde en ny telefon. En kontantkortsmobil. Men en smartphone, en hon kunde använda för att mejla. Dålig idé att köpa en i Redstone Creek, där vem som helst kunde hålla koll, men varje månad eller så körde hon ner till Coeur d'Alene för att hämta förnödenheter till vägkrogen som var svåra att få tag på lokalt. Det började bli dags för en resa.

”Vi ses snart.” Drew böjde sig för att kyssa henne, och hon sträckte upp handen och rörde vid hans kind.

”Var försiktig.”

”Alltid. Du med.” Han drog fingrarna genom hennes hår, snodde till sig en kyss till och gick sen. Liane ställde in deras tallrikar i diskmaskinen och tänkte fortfarande på hur hon skulle få tag i sin syster och exakt vad hon skulle be Jessikah göra för henne.

”Bra, du är tillbaka.” Bull kom ut ur huset när Drew körde upp framför garaget.

”Tänkte att jag kunde få det där oljebytet gjort i kväll.” Drew nickade respektfullt.

”Gör det, och sen har vi ett jobb. Kom och knacka på dörren när du är klar.”

*Vilket jobb?* undrade Drew. Och bara han och Bull? Det hände aldrig. Kaleb var alltid med. Han ryckte ändå fogligt på axlarna. ”Javisst, sir.”

”Inte skakat av dig de där militära vanorna än, va?” Bull flinade och spottade i gruset. ”Har inget emot att bli kallad sir, egentligen. Mer respekt än vissa av grabbarna visar.”

Drew sa inget på det. Han kände igen fällan. Kritiserade han någon av Brethrens fullvärdiga medlemmar skulle han ses som förrädare. Det var inte hans plats, inte så länge han bara var prospect.

”Jag sätter igång. Behöver du något mer?”

”Du kan städa ur förarhytten. Rör inte utsidan, bara. Eller något där bak.”

”Uppfattat.” Än en gång ställde Drew inga frågor, och Bull nickade med ett nöjt leende på läpparna.

Det var inte mycket mer än en timme senare som Drew knackade på innerdörren in till huset och ropade ”Jag är klar!”

”Kommer”, ropade Bull tillbaka och kom ut några minuter senare, samtidigt som han drog på sig sin väst. ”Upp på hojen. Vi har ett jobb.”

”Hämtar vi Kaleb?”

”Inte i kväll.”

Bull sa inget mer, och en knut av nervös spänning lade sig i Drews mage när han följde Brethrens president genom de mörknande gatorna till Cashs hus, där de hittade både Cash och Gerry väntande. Ingen av dem sa något, de startade bara sina hojar, och Bull rullade ut igen.

I ett kort ögonblick trodde Drew att de skulle till vägkrogen, men de svängde in på parkeringen längre upp på gatan, verkstaden där Brethren ibland fick större jobb på sina hojar gjorda.

”Vad händer?” frågade Drew när han följde efter de andra tre, klev av hojen och gick runt till baksidan av byggnaden. En husvagn stod parkerad där, med en lampa tänd inuti. ”Vem är här?”

”Tom Salz.” Det var Cash som svarade.

”Mc-mekanikern?”

”Japp.” Gerry harklade sig och spottade. ”Den nya snubben i stan. Den *andra* nya snubben i stan.” Han gav Drew en sned blick.

”Drew har gått i god, Gerry. Han är familj. Jacobs kusin.” Bull gav Gerry en inte alltför vänlig knuff när de fyra närmade sig husvagnen. ”Tom däremot? En mc-mekaniker som är så bra dyker inte bara upp och slår sig ner i en håla som Redstone Creek. Det finns för mycket pengar i en storstad för det. Han borde inte vara här.”

”Jag fattar inte”, sa Drew och spelade dum, medan Gerry hamrade på den lilla husvagnsdörren.

”Han är en jävla planta. En undercover-federal snut. Vi vet att det finns en i stan. Fick det bekräftat i går. Det måste vara han. Så vi ska låta honom veta att vi vet, och sen ska han få välja mellan att sticka innan gryningen eller lämna stan i en träkista.”

Dörren svängde upp och doften av gräsrök vällde ut. Drew höjde ögonbrynen. Stirrade på Bull.

”Luktar då rakt inte som en federal snut”, drawlade han sarkastiskt. ”Är du säker på att du har rätt man?”

”Nä”, morrade Gerry och blängde på Drew, men Bull daskade till honom över sidan av huvudet.

”Jo. Ut med dig, Salz!”

”Bull?” Mekanikern, en smal, skäggig kille med långt hår i en ruffsig hästsvans och den dimmiga minen hos någon som just rökt en rejäl mängd weed, stod i dörröppningen och blinkade långsamt mot dem. ”Vad är det som pågår, mannen?”

”Ta honom.” Bull stötte till Drew. ”Vi ska ta in honom.”

Cash höll redan på att låsa upp bakdörren till verkstaden. Drew hann bara undra i förbigående varifrån han fått nycklarna innan han satte igång, klev fram, grep tag i Salz hästsvans och drog ut honom ur husvagnen.

”Hallå!” tjöt Salz och försökte knuffa bort honom, men Drew hade säkert trettio kilo på honom i rena muskler, femton centimeter i längd och en hel del specialförbandsutbildning och stridserfarenhet. Salz hade inte en chans.

Cash surrade ett rep runt Salz händer; Gerry drog ner en krok i en kedja från taket och de hängde upp den protesterande mekanikern, som snabbt började komma ner från sin fylla, så att tårna bara precis snuddade golvet.

”Ge honom en omgång.” Bull pekade på Drew. ”Jag vill ha bekräftat vilken myndighet han är ifrån.”

Drew kunde bara hoppas att mekanikern verkligen var en agent, för annars skulle han få stryk helt i onödan. Åtminstone verkade Bull benägen att låta honom lämna stan levande. Det sa han till sig själv när han klev fram och borrade in en knytnäve i Salz mage.

En halvtimme senare hade Salz hasplat ur sig hela sin bedrövliga livshistoria, och inget av den handlade om att vara federal agent. Tvärtom. Han var på rymmen efter att ha hamnat i ett välorganiserat liganät som stulit lyxbilar och premiumhojar och skeppat ut dem ur landet. Salz hade flytt tvärs över landet från New Jersey och tagit jobbet i Redstone Creek i ett desperat försök att hålla sig under radarn för myndigheterna som letade efter honom.

”Han är ingen fed”, sa Cash äcklat till slut och stirrade på den snyftande mannen som hängde slakt i kedjan. ”Bara en jävla idiot.”

"Vad vill du göra, boss?" Drew låtsades vara nonchalant och skakade loss händerna. Han hade fått det att se värre ut än det var, inte för att Salz visste det. Drew hade hållit igen slag som hade kunnat pulverisera organ och ben, och i stället lämnat efter sig blåmärken. Det värsta han gjort var att slå ut ett par tänder.

"Släpp honom", sa Bull till slut. "Samma plan." Han klev fram och stirrade Salz i ansiktet. "Du har till soluppgången på dig att dra härifrån. Och om jag nånsin ser ditt tryne i min stad igen, låter jag honom göra klart jobbet." Han nickade mot Drew.

"Jag drar", snyftade Salz. "Jag lovar. Ni kommer aldrig se mig igen. Jag vet inte vad jag gjorde för att göra er förbannade, men jag lovar, jag är ingen fed!"

"Ja. Jag tror dig." Bull lät genomförbannad. "Ta ner honom, Cash. Drew. Torka av honom, hjälp honom packa sin skit, eskortera ut honom ur stan. Före soluppgången."

"Javisst, sir."

"Bull", sa Gerry, nästan gnälligt, "du glömmer något. Vi vet att det finns en agent. Om det inte är Salz ..."

"Lägg för helvete ner det där, Gerry!" Bull vände sig rasande mot honom. "Vi vet att det inte är Drew heller! Det finns gott om andra folk i den här stan som det skulle kunna vara."

Gerry backade, muttrade och kastade giftiga blickar mot Drew. Drew ignorerade honom, hjälpte Cash att ta ner Salz och drog upp Salz när han sjönk ihop, slängde mannens arm över sin axel.

"Kom igen, kompis. Vi måste få ut dig ur stan."

"Ni har precis misshandlat mig, jag tänker inte låta er hjälpa mig!"

Drew suckade. "Jag följde bara order, mannen. Kom igen. Låt mig hjälpa dig att packa, annars lämnar du kvar mer än du vill. Du borde nog ta lite Tylenol också."

Salz muttrade, men han försökte inte dra sig loss, utan lät Drew hjälpa honom tillbaka till hans sjabbiga, gräsluktande husvagn.

Det skulle bli en lång jävla natt, tänkte Drew när Salz bad honom köra fram sin pickup så att han kunde börja lasta in sina saker där bak. Han tillät sig några ögonblick att längta drömskt efter Liane, efter hur otrolig hon känts i hans armar på eftermiddagen, innan han suckade och satte igång med jobbet.

# KAPITEL FJORTON

"HEJ."

Upptagen med att stapla glas medan hon lastade ur diskmaskinen hade Liane inte hört Drew komma in. Hon ryckte till och gav honom en mörk blick. Han gav henne ett urskuldande leende.

"Förlåt. Menade inte att skrämma dig."

"Åtminstone slog jag inte sönder några glas", muttrade hon, men det var svårt att fortsätta vara grinig när han stod lutad mot baren och såg så vansinnigt snygg ut. Hon gick ut från bakom baren och sträckte upp armarna runt hans nacke, drog honom intill för en kyss. "Så vad för dig hit innan baren öppnar?" Hon såg honom för det mesta varje dag, även om han aldrig kunde stanna över natten. Det hade gått lite drygt en vecka sedan de först hade legat med varandra, de hade knappt haft något tillfälle sedan dess, och Liane började definitivt känna att hon hade en klåda som behövde klösas.

"Ville bara låta dig veta att jag inte kommer vara här på ett par dagar. Ska på ett ärende."

"Jaså?" Något i sättet han sa det på fick varningsklockor att ringa i Lianes huvud, och hon slutade tänka på sin libido för en stund. "Någonstans särskilt?"

"Inte helt säkert, om jag ska vara ärlig. Över gränsen någonstans. Jag får detaljer när jag kommer närmare, men jag har fått order att styra mot Edmonton."

"På hojen?"

"Nä. Tar Bulls skåpbil."

Det var en smuggeltur, insåg Liane på en gång. Om Drew skulle ta med något in i Kanada eller ta med något annat tillbaka – eller möjligen både och – visste hon inte. Och högst troligt visste inte han det heller.

"Åker du själv?"

"Nej, Kaleb följer med."

De var ensamma i baren just då, men Liane andades ändå knappt ut orden när hon lutade sig fram, med läpparna nära Drews öra. "Det är ett test."

"Så klart", mumlade han tillbaka, medan han nosade vid hennes hals. "Inte det första. Bull har visat mig ett dolt fack under skåpbilens golv, men det är inte stort nog."

Hon förstod vad han menade. Vad som än fick plats i det där facket var inte nog för att det här skulle vara den stora rutt som Brethren använde för att smuggla vad det nu var de flyttade. Bulls skåpbil lämnade dessutom sällan hans garage.

"Okej. Nå, jag ser väl dig när du är tillbaka." Ingen tittade, så hon behövde inte göra det, men hon drog ändå ner hans ansikte till sitt och kysste honom, länge och långsamt. "Var försiktig", viskade hon mot hans läppar.

"Alltid." Han lyfte på huvudet, log ner mot henne. "Jag har övat med min nya pistol."

"Tar du med den?"

"Hemligt fack", påminde han.

"Sant." Hon kände sig lite lugnare av att veta att han skulle vara beväpnad. Och att Kaleb var med, för hon var rätt säker på att Bull faktiskt var väldigt förtjust i Kaleb och inte medvetet skulle sätta sin brorson i fara. "Nå. Ha en bra resa. Ta med lönnsirap åt mig."

Han skrattade, precis som hon hade velat. "Jag sms:ar när jag är på väg tillbaka."

Det skulle vara helt normalt och borde inte väcka någon misstanke. Hon nickade, accepterade det, kysste honom en gång till och såg honom gå. Hon ropade till sin personal att hon bara skulle upp till sin lägenhet i några minuter, rusade uppför trappan, tog fram sin nyligen inköpta brännarmobil ur det hemliga fack hon byggt åt den i en fejkad schampoflaska och skrev ett meddelande till Jessikah.

*Drew rör på sig. Kan du spåra?*

*Inte lika exakt som om han hade en GPS-mobil, men ja,* svarade hennes syster bara ett par minuter senare.

Liane grimaserade och önskade att Brethren inte var riktigt så paranoida. Ingen av dem hade smartphones, bara enkla vikmobiler, uppenbart rädda för att bli spårade. Vilket hon naturligtvis absolut skulle ha gjort. Men teknikavdelningen på ATF hävdade att vikmobilerna inte gick att spåra.

Jessikah höll inte med. Hon kanske inte kunde ringa in telefonen på en enda kvadratmeter, men hon kunde definitivt triangulera tillräckligt för att få fram en gatuadress. Åtminstone påstod hon det.

*Kartlägg var och när och låt mig få det, tack,* sms:ade Liane tillbaka.

*Klart.*

Jessikah hade inte verkat det minsta överraskad när Liane hörde av sig, och Liane var rätt säker på att hennes syster redan höll koll på henne. Hon var inte helt säker på hur hon kände inför det – Jessikah var trots allt hennes *yngre* syster.

När hon stoppat undan telefonen igen gick Liane långsamt nerför trappan. Hon hade känslan av att saker började accelerera, att allt närmade sig sin kulmen.

Hon hoppades bara att hon skulle vara där när luntan äntligen tog fyr, och att Drew inte skulle bli stående ensam i stormens öga.

”Nästa vänster”, sa Kaleb tvärt, och Drew nickade och slog på blinkersen. Skåpbilen såg anspråkslös ut men gick mjukt, och han misstänkte att den hade fått mer än en diskret uppgradering sedan den lämnade fabriken.

”Är vi snart framme? Röven är domnad”, muttrade han.

”En knapp kilometer till.”

De körde genom ett industriområde i Edmontons utkanter. Det var lördagskväll, de flesta verksamheter hade stängt för helgen och det var få andra fordon på vägen.

”Den där grinden där”, sa Kaleb till slut.

”Stället ser övergivet ut”, muttrade Drew mörkt.

”Vadå, vill du att de ska köra ljusshow för att välkomna oss? Kör runt på baksidan. Du ser en öppen port: kör rakt in.”

Kaleb hade verkat bli mer självsäker ju längre de körde. Märkligt nog nästan ivrig. Som om han såg fram emot någon sorts gottis. Han hade vägrat prata om vad de transporterade – det hade tydligen redan lastats innan Drew kom till Bulls hus i morse – eller vad de skulle plocka upp, eller något om personerna de skulle träffa.

När han körde in genom porten slog Drew på helljuset, eftersom magasinet där inne var svart som sot, och det blev bara mörkare när porten skramlade ner bakom dem.

”Stanna här, och slå av de förbannade lyktorna!” instruerade Kaleb.

”Vadå, har du mörkerseende som du inte berättat om?” men Drew lydde. Så snart skåpbilens motor dog klickade några lampor på; låga och lokala, de skulle inte synas utifrån för någon som råkade passera. Han urskilde tre gestalter som stod framför bilen.

”Ut, långsamt”, sa Kaleb. ”Håll händerna synliga.”

”Är det här den nye killen, Kaleb?” ropade en röst när de klev ur bilen. ”Bull sa att han är Jacobs kusin?”

”Det stämmer, det här är Drew. Vår nye broder”, svarade Kaleb, och när den som talat klev framåt fick Drew kämpa för att inte flämta till av chock, för mannen bar en Brethren-väst.

*Jag visste inte att det fanns en chapter i Kanada. Undrar om Liane vet?*

”Det här är Valdosta”, presenterade Kaleb. ”Den lokala vice-presidenten. Han rapporterar till Bull.”

*Intressant – chaptern har ingen egen president – så det är mer som en underavdelning. Bull är inte bra på att släppa kontrollen.*

Drew skakade hand med Valdosta och gav en respektfull nick. De två andra männen rörde sig framåt, gick för att öppna skåpbilens skjutdörr och lastade ur lådorna där inne

– fulla av harmlösa billiga varor – innan de tog sig ner i det dolda facket under golvet.

Valdosta brydde sig inte ens om att titta på, vilket bekräftade Drews misstankar om att den här körningen inte bar på något av verklig betydelse. Han såg från ögonvrån hur urlastningen fortsatte. Vapen, insåg han, vilket var logiskt. De var definitivt lättare att få tag på i Idaho än här i Kanada. Ett halvdussin kompakta automatkarbiner, med magasiner med hög kapacitet. Han skulle låta Liane veta, och ATF skulle utan tvekan föra informationen vidare till sina kanadensiska kollegor, men det var småsaker jämfört med vad de visste att Brethren hade flyttat runt.

Andra lådor rullades fram på en liten kärra, och Drew iakttog diskret hur platta lådor stämplade med en stor läkemedelskoncerns logga lastades ner i det dolda facket innan det stängdes och kartonger fulla av lönnsirap ställdes i skåpbilens lastutrymme.

”Var det allt, då?” frågade han när dörren gled igen. ”Drar vi vidare nu?”

”Inte riktigt än.” Kaleb log, ett förväntansfullt, rovdjursaktigt flin. ”Vi har lite varor att inspektera.”

Valdosta log också. ”Din favoritdel, Kaleb. Vi har ett utmärkt urval den här gången. Vi tar dem till halvvägshuset i kväll och är redo att föra igenom dem till er den fjärde. Kom in.”

*Dem?* En plötslig olust sköljde genom Drew. Han följde tätt bakom Kaleb när Valdosta ledde dem genom magasinet till en låst dörr, drog upp en nyckel som hängde i en kedja runt halsen och öppnade hänglåset.

”Jag är den enda som har nyckel till den här dörren”, noterade Valdosta, som såg att Drew sneglade på nyckeln när han stoppade in den under skjortan igen. "Undviker att folk lägger sig i varorna."

Lukten slog emot honom först. Lukten av otvättade kroppar... och stanken av skräck.

Bakom dörren väntade helvetet.

En rad burar, ner längs varje sida av ett rum som var minst tjugo meter långt, varje bur med två eller tre hukande kvinnor eller... Drew fick svälja kväljningarna. Det fanns *barn* i några av burarna. En pojke inte äldre än sex eller sju stirrade på honom med stora, skräckslagna ögon, samtidigt som en äldre flicka försökte knuffa honom bakom sig.

"Ni har ett bra sortiment", konstaterade Kaleb, med en så vardaglig ton att han lika gärna kunde ha pratat om vädret medan han gick nerför gången mellan burarna. "Inte bara mexikanskor den här gången."

"Bull sa att han behövde variation. Vi hittade en hyfsad källa som tar in kinesiska familjer, och vi har ett par bra rekryterare i olika städer som letar efter kaukasiska tjejer. Bra priser på unga vita tjejer, och om de redan gnäller om att rymma hemifrån bryr sig polisen inte om att leta så hårt."

Drew bet sig i insidan av kinden tills han kände blodsmak, använde smärtan för att hålla fokus. *Katalogisera vad du ser. Ta reda på vad du kan om hur de här människorna ska smugglas över gränsen. Låt inte Brethren förstå hur illa det här äcklar dig.*

"Ser du något du gillar, Kaleb?" sa Valdosta, med retfull röst.

"Åh, några stycken." Kaleb skrattade, blicken glupsk när han gick närmare en bur. "Hon här. Vad heter du, hjärtat?"

Det var flickan som försökt skydda den lille pojken. Drew trodde inte att hon kunde vara mer än tolv år, en söt, nätt kinesisk flicka. Hon stirrade på Kaleb med stora, trotsiga mörka ögon men sa ingenting.

”Ingen engelska”, sa Valdosta med en axelryckning.

”Hon kommer inte behöva det.” Kaleb skrattade grovt. Han tog upp något ur fickan och höjde det; en kamera, insåg Drew när blixten slog.

”Jag visar henne för Bull, men jag tror att hon nog är den. Det ska sägas, ni har ett fint urval. Vi kanske behåller två.”

*Jag känner inte Kaleb alls.* Det var en chock för systemet för Drew, och han insåg att han hade invaggats av Kalebs ungdom och trevlighet. Det här, framför honom, det här var den verklige Kaleb, i det närmaste dreglande över en flicka som var så ung att hon inte ens kommit i puberteten.

*Inte konstigt att Kaleb inte bryr sig om sin påstådda flickvän på gymnasiet. Hon är för gammal för hans smak.*

Kaleb gick nerför gången mellan burarna och fotograferade dem som satt i varje. Drew tvingade sig att följa efter, samtidigt som en del av hans sinne räknade på oddsen för att slå ut Kaleb, Valdosta och de två andra männen här och nu och tillkalla myndigheterna för att befria fångarna. Han skulle kunna göra det, tänkte han, även utan sin pistol, som han tvärtemot vad han sagt till Liane hade varit tvungen att lämna kvar. Problemet var att han inte kunde vara säker på om några andra medlemmar i den lokala Brethren-chaptern fanns i byggnaden, och de var på en tillräckligt avlägsen och isolerad plats för att troligen inte ens skottlossning skulle få myndigheterna att komma dit för att undersöka.

När han såg sig omkring upptäckte Drew att han blev iakttagen; de två män som hade lastat ur skåpbilen stod vid dörren och tittade, båda med händerna vilande nonchalant innanför jackorna. De litade alltså inte helt på honom, de såg efter om han skulle reagera illa på fångarnas syn. Han andades lugnt, befallde sitt ansikte att förbli neutralt och följde efter Kaleb.

*Ta det senare. Liane kommer hjälpa.*

Problemet var att han inte var säker på om Lianes chefer skulle göra det. Människosmuggling låg inte inom ATF:s ansvarsområde, och med en mullvad inne hos antingen DEA eller FBI – möjligen båda – kunde det vara att skriva under både hans och Lianes dödsdomar, liksom fångarnas, att föra informationen vidare.

Det enda Drew var säker på var att han inte skulle tillåta att de här kvinnorna och barnen smugglades in i USA och såldes vidare Gud vet vart, med en eller flera stackare som skulle sparas till att vara Brethrens leksaker... så länge de nu höll. Det kunde han inte. Så han följde och lyssnade, med blank min, i hopp om några smulor till information om hur och när fångarna skulle flyttas över gränsen.

Här skulle det ta slut. Han brydde sig inte om vilken myndighet som fick äran. Han skulle se till att Liane kom därifrån oskadd. Men Kaleb skulle inte på några villkor få lägga vantarna på den där lilla kinesiska flickan, eller någon av de andra.

Inte. En. Jävla. Chans.

# KAPITEL FEMTON

"Människohandel?" Liane såg lika illamående ut som Drew fortfarande kände sig, trots att det gått en hel dag sedan han sett det där lagret i Edmonton och de skräckslagna människorna i burarna.

"Kvinnor och barn", bekräftade Drew. "Inga män alls. Jag nosade så mycket jag vågade och Kaleb sa i princip att män är för mycket besvär, även om du säljer dem som slavarbetskraft. De föredrar kvinnor under tjugofem, de tar flickor i alla åldrar och pojkar upp till tretton, ungefär. I princip alla avsedda för sexhandeln."

"Hur många?" Hon sjönk tungt ner på en stol vid köksbordet, ansiktet plågat.

"Det var sjutton i burarna, och Valdosta sa att de väntade ett par till de närmaste dagarna innan överföringen den fjärde."

"Den fjärde juli?"

"Måste vara det. Jag ville inte pressa för hårt, men jag kan inte tänka mig att de vill behålla dem en månad till. De måste ju mata dem. Den fjärde är om mindre än en vecka."

”Jag förstår fortfarande inte hur de får över dem över gränsen, och vad de gör med dem när de väl är här. Jag hade ingen aning om att de flyttade människor i sådana här antal!”

”Jag kan inte låta det hända.” Han visste inte hur han skulle förklara sig. ”Jag kan inte, Liane. Jag vet att dina chefer förmodligen inte har det de behöver för att åtala. Förlåt. Jag kan bara inte låta Kaleb få tag i den där lilla tjejen. Sättet han tittade på henne, jag...”

”Drew.” Hon sträckte sig fram, la handen över hans knutna näve på bordet framför honom. ”Jag är med dig. Det finns saker som inte går att tolerera. Alla har sina gränser. Om jag hade varit i din sits i det där lagret, skulle vi sitta här nu och ha exakt samma samtal. Här drar vi strecket.”

”Tack.” Han tvingade sig att ta ett djupt andetag. ”Jag ville stoppa det direkt där och då. Ta ner Kaleb och Valdosta och de andra två och bryta upp alla de där burarna.”

Lianes blick mjuknade när hon såg på honom, hon nickade långsamt. ”Vi kommer att stoppa det, jag lovar. Du gjorde rätt som höll tillbaka.”

”Det höll på att knäcka mig”, erkände han. ”Jag vill fortfarande bara tappa det och slå Kaleb sönder och samman. Jag hatar att jag faktiskt hade gillat honom, fram tills den stunden.”

”Helt ärligt gjorde jag det också, lite grann. Det är problemet med pedofiler – de går inte runt med en stor blinkande skylt över huvudet så att vi kan känna igen dem. De låter dig inte veta vilka de egentligen är förrän de tror att du är en av dem.”

"Vilket betyder att jag har varit jäkligt övertygande i att få Brethren att tro att jag är lika sjuk som de är." Känslan vred om i Drews mage.

"Vilket betyder att du har gjort ett bra jobb på ditt första undercover-uppdrag", rättade Liane honom.

"Det känns inte så. Jag lät vapnen gå igenom till Kanada och det var en rätt rejäl laddning opiater vi tog tillbaka." Han skakade på huvudet. "Jag gillar inte att bara låta saker hända. Hela min militära karriär handlade om att ta avgörande – ofta förebyggande – åtgärder."

"Visst, men det måste ha funnits många gånger då du bara var tvungen att vänta på att rätt mål skulle vara på precis rätt plats i exakt rätt ögonblick", påpekade Liane. "Och det är vad som har hänt nu. Vi tar Brethren på bar gärning med de här traffickingoffren, då åker de dit."

"Men vi kan inte göra det utan mer manskap, och dina chefer..."

Liane höjde ett ögonbryn och log kyligt. "Mina chefer? Allt de kommer att få veta är att du har intel om att en stor last med varor förs över gränsen den fjärde. Exakt vad som finns i den leveransen är inte klart i nuläget, men... vi pratar flera hundra kilo produkt. Jag berättar vad varorna består av först när de har bundit upp sig vid en insats."

*Produkt. Varor.* Bara att hänvisa till kvinnorna och barnen i de termerna fick det att vända sig ännu mer i Drews mage, men Liane hade rätt. ATF skulle bara hjälpa till om de trodde att leveransen kunde vara deras bekymmer, och de kunde inte riskera att lämna vidare uppgifterna till FBI eller DEA. Om mullvaden skickade informationen tillbaka till Brethren skulle de traffickerade kvinnorna och barnen försvinna och Drew skulle hamna rakt i Brethrens kikarsikte som den som måste ha vänt dem ryggen.

Det slog honom plötsligt att det fanns en annan intressent, och någon han absolut kunde lita på. Mannen som hade skickat honom hit från början.

"Jason Hunter", sa han rakt ut. "Han kommer att vilja veta, och jag är hundra procent säker på att vi kan lita på honom."

Liane hummade lågt, lutade sig tillbaka i stolen och rynkade ihop ansiktet, uppenbart fundersam. "Jag antar att du är skyldig att rapportera till honom?" sa hon, med frågande ton. Hon gav uppenbart Drew öppningen att säga ja, att han absolut var tvungen att rapportera till Jason. Lät valet vara hans.

"Ja", sa han, inte alls sanningsenligt, och såg på hennes sneda leende att hon var mycket väl medveten om att han ljög för henne.

"Då behöver du göra det snart. Jag köpte en extra kontantmobil häromdagen, om du vill använda den för att kontakta honom. Se bara till att du inte blir tagen med den." Hon reste sig och hukade sig framför spisen, tog försiktigt bort baspanelen och stack upp handen under. En stund senare la hon en telefon på bordet framför honom, en smartphone, såg han med viss lättnad.

"Den är laddad och det finns gott om saldo på den. Det finns ett nummer sparat under 'Sis'." Hon tvekade en sekund, men fortsatte sedan. "Min syster Jessikahs nummer. Hon hjälper dig om du inte får tag i mig."

"Hackern?" undrade han.

"Ja. Jag kontaktade henne för lite arbete utanför böckerna. Jag vill försöka lista ut vem Brethrens mullvad är, och mina chefer verkar inte särskilt sugna på att rota i andra myndigheters verksamhet ifall de trampar någon på tårna." Hon gjorde en min som tydligt visade vad hon tyckte om myndighetspolitik. "Jess ska dra i några trådar. Se om hon kan hitta något."

"Hon vet om mig?" kollade han, och stoppade ner telefonen i fickan efter att ha försäkrat sig om att ringsignalen var avstängd.

"Ja, jag berättade. Och bara för att illustrera att hon kan ta sig in i vilken databas hon vill, hade hon din oredigerade militärtjänstejournal uppe på skärmen på under fem minuter."

Drew nickade, lagom imponerad. Att få tag i de uppgifterna skulle inte vara enkelt om du inte låg rätt högt upp i Rangers, eller ännu högre i Pentagon. Att en civil kunde göra det var imponerande... om än en aning oroande.

"Hon noterade för övrigt att hon tyckte att du var rätt het", la Liane till med ett grin.

"Bara *rätt* het?" Han log han också, och kände hur lite av spänningen rann av när hon lättade upp stämningen. Han reste sig, grep hennes hand och drog upp henne så att hon stod med honom.

"Till hennes försvar är bilden i din tjänstejournal inte så smickrande. Du var mycket yngre också. Du blommar definitivt ut."

Drew var tvungen att skratta. Gud, vad han tyckte om Liane. Tyckte om hennes humor, hennes orubbliga känsla för rättvisa. Han hade inte känt henne så länge, men han hade varit fullständigt säker på att hon skulle backa upp honom mot sina chefer för att rädda traffickingoffren – även om det kunde kosta henne karriären om hennes chefer fick reda på att hon hade undanhållit information från dem och potentiellt äventyrat utredningen.

"När vi tar oss ur det här", sa han, " *om* vi tar oss ur det här..."

"Ssch." Hon sträckte upp handen och tryckte fingertoppen mjukt mot hans läppar. "Låt bli, Drew. Det betyder otur. Låt oss bara vara tacksamma för de stulna stunder vi kan få nu."

Han ville säga emot. Ville säga henne att han inte tänkte bara gå därifrån, att när det här uppdraget var över ville han ha en relation med henne, en riktig. Men han respekterade hennes önskan, nickade, och kysste henne i stället.

Efter de fasor Drew just hade avslöjat för henne ville Liane inget hellre än att försvinna in i honom i några timmar. Snart nog skulle hon behöva kontakta sin chef och lämna en noggrant redigerad rapport, i tillräckligt brådskande ordalag för att förstärkning skulle vara på plats och redo den fjärde, för Drew hade fullständigt rätt. Det fanns inte en chans att de kunde låta de där kvinnorna och barnen smugglas in och skickas vidare till var de nu var ämnade att hamna, och definitivt fick Brethren inte tillåtas behålla och utnyttja den lilla flicka Kaleb hade valt ut. Hon var rätt säker på att hennes chef skulle hålla med dem, men tyvärr skulle han också vara skyldig att lämna informationen vidare till FBI, och om mullvaden fanns inom FBI skulle de skriva under Drews dödsdom.

Hon sköt undan sina bekymmer och lät sig sjunka in i Drews famn. Det var sent; han hade dykt upp på vägkrogen bara minuter före stängning, hjälpt henne att städa och stänga stället innan han följde med henne upp och gjorde sin rapport. Hon var inte trött, dock. Hon drog sig undan, log upp mot Drew och drog honom i handen, ledde honom efter sig mot sovrummet.

"Kan du stanna i natt?" frågade hon medan hon drog av sig tröjan.

"Ja." Han krängde av sig västen, var nära att slänga den över rummet med knappt dold avsky, och ryste. "Herregud. Jag hatar att bära den där. Nu när jag vet vad de står för... vad de har gjort..."

"Tyst nu." Hon skakade på huvudet åt honom. "Det är bara en kostym, Drew. Bara en roll du spelar, som en Hollywoodskådis anlitad för att spela skurk. Rollen definierar inte vem du är." Hon hade gått igenom månader av träning där de här koncepten hamrades in innan hon någonsin tog ett undercover-uppdrag, och att se Drew plågas nu påminde henne om att han aldrig fått någon sådan träning. Att hans kvalifikation för just det här jobbet i princip var vem han var släkt med, och att han aldrig skulle ha placerats undercover hos Brethren om inte hans kusin hade varit en i gänget.

Drew drog av sig skjortan, smidiga muskler spelade över hans överkropp, och Liane pausade mitt i sin egen avklädning för att uppskattande stirra. "Helvete, du är en förbaskat snygg karl", mumlade hon.

"Du vet att du sa det där högt, va?" Drew log snett.

Hon grinade obotfärdigt. "Hej, jag pratar ju bokstavligen med den enda personen jag kan vara mig själv med. Om jag inte kan säga vad jag tänker med dig, när kan jag det då?"

”Bra poäng.” Han satte sig på sängkanten för att dra av sig kängorna, innan han sträckte sig efter henne, drog ner henne i knät och kysste henne, långsamt och länge.

”Du är det enda bra som har hänt mig på längre än jag kan minnas”, viskade hon mot hans läppar, och han lutade sig tillbaka, såg henne i ögonen. På så här nära håll kunde hon se den gråaktiga skuggningen i hans högra öga, hur det inte riktigt fokuserade likadant som det vänstra, pupillen som reagerade långsamt. Se de bleknande rosatonade linjerna av ärren under, stumma souvenirer av vad han hade gått igenom.

”Jag känner likadant.” Han kupade hennes kind lätt. ”Jag är så förbannat glad att du är här, Liane. Så glad.”

Deras älskog den här gången var långsam. Nästan maklig, när de utforskade varandras kroppar, kysste och smakade, rörde, upptäckte de exakta ställen och trycken som fick fram flämtningar och stön. Viskade lovord och böner om mer. Och när Drew reste sig över Liane och gled långsamt, lätt in i hennes ivriga, välkomnande kropp, väste hon hans namn mellan tänderna och klöste hans axlar, redan på gränsen till att spricka. Med benen runt hans höfter drev hon på honom, krävde mer, hårdare, nu.

Drew stönade, kastade huvudet bakåt, senorna i halsen stod ut när han bet ihop. ”Helvete, kvinna. Jag är för nära. Ta det lugnt...”

”Nej, snälla, jag behöver det, nu!” Hon snyftade nästan, bågade sig mot honom. Han kändes så bra i henne, het och tung. Och han visste exakt vad hon gillade, lade trycket på alla rätt ställen när han stötte, hittade en rytm som fick henne att praktiskt taget skrika taket i bitar.

”Det är tur att du inte har grannar”, mumlade han mot hennes hals några minuter senare, låtande lika omtöcknad som hon kände sig. "De skulle ringa snuten på oss för överdrivet oljud."

Liane började fnittra, la fortfarande skälvande armar runt hans rygg och kramade hårt. Hon ville inte släppa taget, och Drew verkade känna likadant, höll kvar henne i sin tur. Till slut gled han tillbaka, rullade av och la sig bredvid henne, men han la genast armen över henne igen.

"Bryr du dig?" mumlade han tyst. "Det var bara så väldigt länge sen..."

"Utan att bli hållen? Ja. Jag också." Hon rullade över på sidan med ryggen mot honom och backade tills hon låg tätt intill honom. "Du är en bra stor sked", mumlade hon, på gränsen till sömn.

"Jag är gärna din stora sked när som helst, vackra." Han tryckte varma läppar mot hennes nacke, den ljuvliga hettan från hans kropp omslöt henne och fick henne att känna sig skyddad, trygg, för första gången på månader.

Det var förstås en illusion. De var långt ifrån trygga. Men just för i natt lät Liane sig låtsas, medan hon slöt ögonen och gled in i sömnen.

# KAPITEL SEXTON

ATT VAKNA I DREW Murphys armar var en ljuvlig upplevelse, eller det hade varit det, om inte någon fem minuter senare hade börjat hamra på dörren till Lianes lägenhet och skrika.

"Vad fan?" Hon rynkade pannan.

Drew stönade, föll tillbaka på rygg och la underarmen över ögonen. "Ingen aning, men snälla, snälla bli av med dem."

Hon muttrade för sig själv när hon klev ur sängen och drog på sig ett par yogabyxor och Drews T-shirt, de närmaste kläderna som gjorde henne anständig.

"Jag kommer, håll i hatten!" ropade hon medan hon korsade lägenheten barfota och ryckte upp dörren, och hamnade öga mot öga med Bull, med Kaleb lurande bakom. "Vad vill ni?" Hon blängde på Bull.

"Är Drew här?"

"Javisst, vilket du skulle veta om du hade bemödat dig att ringa honom. Eller tappade du mobilen?" Hon klev inte undan för att släppa in honom, fast han rörde sig framåt som om han väntade sig att hon skulle flytta på sig. "För jag vet att Drew inte stängde av sin. Han är paranoid med den. Vill kunna kolla hur högt om ni vill säga åt honom att hoppa."

Kaleb skrattade till, men Bulls min ändrades inte. "Ska du låta oss stå kvar på tröskeln?"

Hon var frestad att säga ja, men att medvetet reta upp honom kunde göra Drews liv svårare. I stället suckade hon överdrivet och klev åt sidan, öppnade dörren mer. "Okej. Ni har väl inte lera på kängorna. Jag städade i går."

De följde henne till vardagsrummet, där hon stod med armarna i kors och såg på dem. Bull slog sig ner i hennes soffa, helt bekväm i ett rum han aldrig varit i förut, medan Kaleb strök runt till fönstret, drog isär persiennerna och kikade ut.

"Jag kommer behöva min tröja tillbaka", mumlade Drew bakom henne, och hon vände sig om och såg att han hade dragit på sig jeans och kängor. Hans väst hängde i ena handen. Med den andra pillade han lätt i fållen på tröjan hon bar. "Finns det någon chans att du kan ta på dig en egen och ge tillbaka den här?"

Hon gav ifrån sig ett missnöjt ljud men nickade. "Våga inte lägga upp fötterna på soffbordet", sa hon till Bull, som fnös. "Jag menar det. Jag står ut med mycket men jag svär, lägger du upp fötterna på bordet, så äter du aldrig en enda måltid på min roadhouse som inte har spott i sig."

Kaleb skrattade igen, och den här gången sprack även Bull upp i ett leende. Han gav henne en liten nick.

"Du frestar på lyckan, kvinna." Drew klappade henne på rumpan. "Ge mig den där tröjan, annars tar jag av den på dig här och jag bryr mig inte om de ser dina tuttar."

Hon visade honom långfingret, plus ett grin som Kaleb och Bull inte skulle kunna se, när hon svassade ut och gick mot sovrummet.

Drew lutade sig i dörröppningen och betraktade Bull och Kaleb. "Vad är problemet?" drawlade han. Han drog upp mobilen ur bakfickan och viftade med den. "Jag har inga sms eller missade samtal. Så vad är grejen som gjorde att ni bara var tvungna att komma hit och reta upp Liane?"

"Det här är nyheter som måste lämnas personligen." Bull reste sig ur soffan, korsade rummet och räckte fram handen mot Drew. "Grattis. Vi höll omröstning i går kväll; du är nu fullvärdig medlem i Pure Brethren."

Drews haka föll; han hade inte väntat sig det. "Va?"

"Den körningen du gjorde upp till Kanada var ett test. Allt gods gick igenom i båda ändar utan trubbel, inga spårare hittade på dem... och det bekräftades att federala inte hade det minsta viskning om vår leverans som kom in här."

Drew blinkade och skakade Bulls utsträckta hand. "Så klart inte. Vänta." Han låtsades bli upprörd. "Trodde ni seriöst att jag var en jävla mullvad?"

"Inte jag", sa Bull och skakade på huvudet.

"Jävla Gerry!" Han behövde inte låtsas sin avsky. "Vad fan är hans problem?"

"Släpp det." Bull gjorde en lugnande gest.

"Röstade han för att jag skulle bli fullvärdig?" Drew smalnade med ögonen.

"Han lade ner sin röst", sköt Kaleb in, och Bull kastade honom en irriterad blick. Uppenbarligen var det information Bull hade föredragit att Drew inte fick.

"Det spelar ingen roll nu. Du är inne." Bull klappade Drew på den fortfarande bara axeln. "Och vi har jobb att göra innan vår stora leverans kommer den fjärde. Så på med tröjan och nu drar vi."

"Hmpf." Drew låtsades acceptera Bulls ord, vände sig som för att ropa på Liane, och snodde sig tillbaka. "Vänta. Vad menar du med bekräftelse på att federala inte kände till vår leverans?"

"Om du hade varit en mullvad, hade du skickat vidare informationen om vad vi tog hem", sa Kaleb. "Du hade varit tvungen. Och på grund av vad det var, skulle DEA ha informationen... och det har de inte."

"Hur vet du? Fan." Han lät ögonen vidgas. "Har ni en källa inom *DEA*?"

Steg förkunnade att Liane var på väg tillbaka, och både Bull och Kaleb tänkte uppenbarligen inte säga mer med henne där. Hon räckte Drew hans tröja, tittade nyfiket runt på den plötsliga dödstystnad som lagt sig i rummet.

"Nå, när ni ändå är här kan jag väl koka kaffe. Och frukost... jag kan steka pannkakor", erbjöd hon.

Kaleb, som alltid var ett bottenlöst hål när det gällde mat, tackade ivrigt ja, och Bull överraskade Drew genom att nicka.

"Det vore bra, Liane. Jag är hungrig."

Liane såg också förvånad ut, men hon ryckte på axlarna och gick in i köket. "Kaleb, kan du komma och knäcka de här äggen åt mig medan jag sätter på kaffet?" Hennes röst flöt tillbaka till dem, och Kaleb gick in i köket efter henne.

Drew tittade tillbaka mot Bull precis i tid för att se Bull dra tillbaka handen från undersidan av soffbordet. Det var en konstig gest, en obekväm position för handen, och Drews instinkter slog genast larm.

*Lade han just något där under? En bugg, kanske?*

Han låtsades som att han inte sett något, drog på sig tröjan och sedan västen, innan han sjönk ner i en fåtölj och suckade överdrivet. "Jag hade sett fram emot en timme till i sängen, Bull. Snyggt att döda stämningen. Inte för att jag inte är glad att bli upphöjd till fullvärdig medlem, så klart!"

"Du får gott om tid för nöjen senare."

"Jaså. På tal om det." Drew kastade en låtsat skum blick mot köksdörren, sänkte rösten. "Liane bryr sig inte om vapen eller droger så länge hon inte ser något av det här. Men, eh, den andra varan som Kaleb visade mig? Tror inte hon skulle gilla det. Hon skulle skita i utlänningarna, men det fanns vita tjejer med."

"Hon behöver inte veta." Bull ryckte på axlarna. "De blir inte här länge. Måste få dem till auktionen."

"Auktion?" Drews öron spetsades, men han höll minen tom.

"I Vegas, den tolfte. De måste vara där två dagar innan så att de kan undersökas och katalogiseras, så du fattar att vi inte har mycket tid. Den som åker missar förresten det mesta av det roliga med det vi behåller åt oss själva."

Drew fick kämpa för att kväva en rysning. "Jag gissar att det betyder att jag ska åka, som ny kille. Jävligt lång körning till Vegas."

"Tyvärr. Vi har redan lottat om vem som följer med dig: Cash drog nitlotten."

"Kunde vara värre. Kunde vara Gerry."

Bull skrattade åt Drews gravallvarliga kommentar. "Äh. Gerry är okej. Han tror att du är ute efter hans jobb, eftersom Jacob var sergeant-at-arms före honom."

"Jag skulle sköta det bättre än han, helt klart." Drew ryckte på axlarna. "Men jag lär mig fortfarande repen. Jag ger honom ett år eller två innan jag börjar trampa honom på hälarna på riktigt."

Bull verkade road. "Jag gillar dig, Drew, även om du kommer ställa till det med Gerry. Du har stake."

"Rangers har inte tränat mig till att vara en mes." Och om han hade uppträtt underdånigt hade de mycket väl kunnat ana oråd. Han gick på lina, försökte vara det de väntade sig av honom hela tiden.

"Pannkakorna är klara!" ropade Liane från köket då, och Drew andades nästan ut av lättnad över att ha tagit sig igenom ännu ett samtal med Bull utan att väcka misstankar.

Det hoppades han i alla fall.

Efter frukosten sa Bull och Kaleb att Drew behövde följa med dem, och han nickade och reste sig. Han bad inte Liane om ursäkt för att han lämnade disken åt henne, inte verbalt i alla fall.

"Följer du oss ut, älskling?" sa han i stället.

"Klart." Hon följde hans uppmaning utan så mycket som en sidoblick. "Måste ändå ner och öppna. Ava är här när som helst och börjar laga mat."

Han dröjde ett ögonblick för att kyssa henne, och medan Bull och Kaleb gick bort mot hojarna, viskade han snabbt i hennes öra: "Det är en auktion i Vegas den tolfte, de tänker låta mig transportera de nyanlända dit, med Cash. Och jag tror att Bull kan ha planterat en bugg under ditt soffbord."

Hon sa ingenting, men den svaga spänningen i fingrarna mot hans arm talade om att budskapet hade gått fram.

Liane vinkade när hojarna dånade iväg, som en duktig liten flickvän, och sedan svor hon flera svordomar mellan tänderna, vände sig om och sprang snabbt uppför trappan igen.

Hon var noga med att inte låta något som helst när hon rörde sig genom lägenheten, sänkte sig till golvet bredvid soffbordet och rullade över på rygg för att titta upp på undersidan.

Buggen var liten. Prydlig. Statlig modell, misstänkte hon, men hon vågade inte dra loss den för att granska närmare. I stället gled hon tyst tillbaka, reste sig och gick in i köket, med blicken smalnad. Var hade Kaleb stått och vad hade han rört vid?

Hon hittade en till bugg i den fejkade krukväxten på köksfönsterbrädan. Bull hade inte varit i närheten av den, så Kaleb måste ha planterat den. Vilket betydde att de var misstänksamma... mot henne, fick hon anta, eftersom de verkade lita på Drew fullständigt nu, annars hade de aldrig låtit honom se gruppen som var på väg att smugglas in i landet.

*Statlig modell*, tänkte hon, och sedan undrade hon, *vem lyssnar i andra änden?*

Hon lämnade lägenheten så tyst som möjligt, gick ner för att släppa in Ava i köket och sa sedan till sin kock att hon skulle ge sig ut en stund. Hon var på väg att kliva in i sin pickup när det slog henne att den också kunde vara buggad. De kunde till och med ha satt en spårare på den.

"Skit också", muttrade hon innerligt, innan hon vände från bilen och gick några meter nerför stigen mot sjön hon och Drew hade följt på sin första promenad. Hon stannade och lyssnade, men det var ingen annan på parkeringen så här tidigt och hon kunde inte föreställa sig att någon av Brethren låg och lurpassade här utifall att hon skulle råka gå åt det här hållet.

Hon hade hämtat sin brännartelefon från gömstället innan hon lämnade lägenheten och drog fram den nu. Så här nära roadhouset kunde hon koppla upp sig på sitt eget wifi och den VPN hon hade satt upp: det tog bara ett par minuter att slå upp en krypterad mejladress hon skapat just för det här syftet och skicka ett mejl till Jessikah med all senaste information hon hade. Hon raderade webbhistoriken och loggade ut, stoppade undan telefonen och drog fram den andra, öppnade den säkra meddelandeappen hon använde för att kommunicera med sina chefer.

*Jag kan vara komprometterad. Målen placerade avlyssningsutrustning i min lägenhet i morse. Verkar vara statlig modell.*

Hon väntade, och det dröjde inte länge innan ett svar kom.

*Detta kan ge en möjlighet att rensa ut mullvaden, genom att dela felaktig information.*

"Skojar ni med mig?" muttrade Liane, medan tummarna dansade när hon skrev.

*Att försöka något sådant kommer bara bekräfta att jag är en infiltratör. Jag avböjer respektfullt att riskera min täckning på det sättet tills det är dags att gå ur. Jag har ny information men den måste hållas mycket nära då den är extremt känslig. Så vitt jag vet är Drew och jag de enda utanför Brethren som vet.*

Hon hade kvällen innan bestämt att hon inte kunde dölja att den ”vara” som var på väg in var offer för människohandel. De skulle behöva för mycket i form av andra resurser redo.

Som hon helt väntat sig uttryckte hennes chef chock över människohandeln... och sa sedan i princip, *Nå, det är inte vårt problem, jag skickar vidare till FBI.*

Liane drog ett djupt andetag, medveten om att hon kunde äventyra sin karriär med nästa ord, men hon skrev dem ändå.

*Även om Bull antydde att mullvaden är inom DEA litar jag inte på någon utanför vår myndighet. Jag tycker att vi ska hantera detta.*

*Det här är inte ditt jobb. Lämna det till FBI.*

*Jag tänker inte sitta med armarna i kors och låta det här hända, och det gör inte Drew heller. Vi kommer agera. Du måste backa upp mig.*

Hon kunde nästan höra sin chef fräsa svordomar, men till slut kom svaret. *Jag har ett insatsteam i området den 4:e. Du ser till att ge mig tydlig intel om exakt när och var, och var beredd att extrahera dig själv och Murphy.*

*Tack. Du kommer inte ångra dig.*

*Hoppas att du inte gör det,* kom det något illavarslande svaret, och Liane grimaserade innan hon stängde appen och stoppade undan telefonen, och gick tillbaka mot roadhouset med hängande axlar. Ett års arbete, och hon kanske var på väg att kasta bort sin karriär, för om tillslaget inte gick helt perfekt, skulle alla myndigheter leta syndabock och Liane visste precis vem det skulle bli.

Men hon tänkte på uttrycket i Drews ansikte när han hade beskrivit de där kvinnorna och barnen i burar, eländet, rädslan och förtvivlan i deras ansikten. Den giriga lystnaden i Kalebs ansikte när han hade sett på den där lilla kinesiska flickan han valt ut.

Och hon visste att det inte fanns någon annan väg. Det här var det enda val som gick att göra, oavsett priset hon eller Drew skulle få betala.

# KAPITEL SJUTTON

DREW FÖRSTOD TILL SLUT varför hans kusin hade byggt en så fin ny lada vid sin fallfärdiga stuga, när Bull skickade honom och Kaleb för att "göra i ordning för gästerna". Brethren hade förmodligen betalat för skiten, tänkte han, medan han och Kaleb lade ut gummimattor över golvet och plockade ner en stapel med hinkar, uppenbart tänkta som provisoriska toaletter. Några udda beslag han inte riktigt hade lagt märke till tidigare fick också sin förklaring nu; järnringar nedsänkta i betonggolvet med jämna mellanrum var uppenbarligen avsedda för kedjor och bojor som skulle bultas fast i dem.

Celler var dyra att bygga, och även om anläggningen i Edmonton uppenbarligen användes för att hålla fångarna en tid innan de fördes vidare, skulle de enligt Bull och Kaleb bara hålla dem i ladan en natt innan de drog till auktionen i Vegas. Varför lägga pengar och arbete på att bygga celler när man ändå kunde kedja fast folk som djur?

Drew kände blodsmak och insåg att han hade bitit sig på insidan av läppen. Han frustade till, tvingade sig att fokusera och tog till andningsövningarna han lärt sig för länge sedan. Övat tålamod. Tålamod var hans starka sida. Han hade en gång legat på en avlägsen, stenig bergssida i fem dygn, genom brännheta dagar och bitande kalla nätter, för chansen att få ta ett skott mot ett mål som visade sig ha dödats av en drönarattack en vecka tidigare. Den här gången var han åtminstone ganska säker på att han faktiskt skulle få slutföra sitt uppdrag.

"Jag drar", ropade Kaleb från dörren. "Ska över till Gerry och hjälpa honom att bli klar där."

"Vill du att jag följer med?" Drew försökte att inte låta alltför ivrig, men Gerrys hus var fortfarande den enda platsen som varken han eller Liane hade lyckats identifiera. Brethren var märkligt hemlighetsfulla om det. Nu när han var fullvärdig medlem hoppades han att de skulle släppa in honom.

"Nä", ropade Kaleb tillbaka. "Ses i morgon."

"Fan", muttrade Drew när Kaleb gick. Att försöka följa efter Kaleb skulle vara meningslöst: han skulle sticka ut som en öm tumme på de tysta landsvägarna. Med en suck stängde han ladans dörr och såg sig omkring.

*Jag kan lika gärna hämta geväret och köra lite mer målfältskjutning.* Han hade varit på skjutbanan några gånger sedan han var där med Liane, vant sig vid Glocken och blev definitivt bättre med den i takt med att han lärde sig kompensera för att han bara hade ett bra öga. Det fick honom att känna sig trygg i att han så småningom skulle kunna lära sig skjuta träffsäkert med sitt gevär igen.

Han var på väg uppför trappan till stugan när en låg vissling fick honom att se sig om. Han höjde ögonbrynen i förvåning när Jason Hunter gled fram ur träden bakom stugan.

"Hej, främling. Hänger du ofta i mina skogar?" hälsade han.

"Bara när viltkameran jag riggat på din uppfart larmar att en bil har kommit in", svarade Jason torrt och överraskade honom. "Ville kolla läget, se hur det går. Det här är första gången du är här ensam, dock."

Med tanke på buggen som placerats i Lianes lägenhet vinkade Drew bort Jason från stugan. Sheriffen gav honom en nyfiken blick men följde med när Drew gick in i skogen igen, tills stugan och ladan var utom synhåll.

"Jag åkte upp till Edmonton för ett par dagar sedan", började Drew.

Jasons ögonbryn flög upp medan han lyssnade, och hans min blev allt bistrare. "Herregud", sa han till slut när Drew avslutat sin rapport. "Människohandel. Fan. Det stämmer ju."

"På vilket sätt?"

"Manhunters." Jason sparkade till en lös sten på marken och stoppade händerna i fickorna medan han tänkte. "Det finns några lösa trådar i det fallet som aldrig riktigt knöts ihop. Du kan grunderna... att min farbror, tillsammans med ett gäng polare inklusive min företrädare, jagade människor i skogarna runt Woodvale och dumpade kropparna i en bengrop på min farbrors bakgård?"

Drew nickade. Han hade legat på sjukhus och återhämtat sig efter den första av flera operationer på ögat när historien briserade, och hade sett gott om nyhetsinslag.

"Det fanns åttiosex offer i den där bengropen, och sex av dem är fortfarande oidentifierade. Alla män. DNA-profileringen har visat att fyra är asiater – kambodjaner, thailändare och kineser – och två är latinamerikaner."

”Du tror att de var familjemedlemmar till några av smugglingsoffren”, drog Drew den uppenbara slutsatsen.

”Det är väl rimligt? Vuxna män är inte till så stor nytta för människosmugglare. Kanske kan du sälja dem som någon sorts slavarbetskraft, men det kan inte finnas en jättemarknad för dem. Och om de var bråkstakar... mycket möjligt att min farbror gärna tog dem från Brethrens händer.” Jason skakade på huvudet och spottade, som om han hade dålig smak i munnen. ”Och det förklarar de andra försvunna. Vår journalistvän Barry hade följt försvinnanden i åratal, för det var alldeles för många som försvann i den här delen av delstaten och ingen av dem dök någonsin upp igen. Alla låg inte i bengropen. Det finns fortfarande ungefär ett halvdussin personer som inte redovisats... och alla är unga kvinnor, inklusive delstatssenatorns brorsdotter vars försvinnande fick Barry intresserad från början. FBI hade sina misstankar om att det fanns *ytterligare* en seriemördare i regionen, en som gick efter unga kvinnor.”

”Ingen seriemördare. Människohandlare. Manhunters och Brethren hade någon sorts ömsesidig ryggkliarpakt”, insåg Drew. ”Brethren tog alla som hade värde i handeln, och Manhunters fick resten.”

”Nu när jag tänker på det. Emily Darnell och Sasha Thoms är ungefär i Kalebs ålder, de kan mycket väl ha varit skolkamrater. De var på väg tillbaka från college i Boise och försvann från en rastplats. Deras föräldrar stod på sig att de inte skulle ha följt med en främling... men kanske klev de in i en bil med någon de kände väl. En gammal skolkompis.”

”Serverade sig själva på silverfat.” Drew mådde illa igen bara av att tänka på det.

”Unga, vita och söta. De hade inbringat bra i Vegas.”

”Tror du att de fortfarande lever?”

”Kanske.” Jason såg slagen av tanken. ”Det är absolut möjligt. Jag pratar med Carruthers, min kontakt på FBI.”

”Åtminstone vet vi deras namn”, sa Drew bistert. ”Jag står knappt ut med att tänka på alla andra de har sålt in i Gud vet vilka helveten.”

”Inte jag heller. Åtminstone kan vi hjälpa dem som snart ska över gränsen. Hur är det med din lokala kontakt, infiltratören? Har han rapporterat till sina chefer än, och vad är deras plan?”

Drew insåg förstås att han inte hade haft möjlighet att berätta för Jason vem hans kontakt var. Han tvekade bara ett ögonblick innan han avslöjade Lianes identitet: han litade fullständigt på Jason och visste att informationen inte skulle spridas. Var läckan inom DEA eller FBI än fanns, så var den före Jasons ankomst till området.

Jason blinkade. ”Liane... från vägkrogen?” Han lät tvivlande. ”Är hon infiltratören?”

”ATF.” Drew nickade. ”Hon har varit på plats i över ett år.”

”Jag hade aldrig gissat att det var hon! Fan. Hon är en bra skådis.” Jason såg klart imponerad ut.

”Det är hon. Hon tänker uppdatera sina chefer i dag, men hon verkade inte särskilt hoppfull om att de skulle vara sugna på att ingripa. Människohandel är inte deras område. Hon tror att de kommer vilja skjuta över det till FBI, men det innebär risker eftersom vi fortfarande inte vet säkert att mullvaden verkligen är DEA. Eller att det bara finns en mullvad.”

”Vilken röra. Tror du att de tänker sitta med armarna i kors?”

”Det kan de. Liane tänker inte göra det, och det tänker definitivt inte jag heller.”

"Så jag gissar att du vill ha lite backup?" Jason log, och i det lätt vilda uttrycket såg Drew den gamla hungern efter action. Han hade känt den stiga i sitt eget blod, adrenalinet byggas upp i takt med att tiden för strid närmade sig.

"Jag tycker att vi gör det här." Drew pekade mot ladan. "Vi väntar tills de har fört in alla fångarna, kedjat fast dem och slagit sig till ro för natten. Det enda är att jag inte vet exakt hur många från Brethren som kommer vara här: jag vet inte om det kanadensiska gänget kommer över gränsen och om de i så fall stannar över natten."

"Meddela mig om du kan. Jag utgår från att det kan finnas några extra fientliga."

"Och om ATF bestämmer sig för att haka på, ser jag till att de tar kontakt med dig så att ni inte kliver varandra på tårna här ute."

"Uppfattat. Bara de inte försöker hålla mig borta från själva insatsen!"

Jason försvann in i skogen lika tyst som han hade dykt upp, och Drew skakade på huvudet med ett uns av avund. Han var ganska smygig själv – det hade han varit tvungen att lära sig för att kunna ta sig in i position och ligga dold i dagar i väntan på skottet – men Jason Hunter var som ett spöke.

Tillbaka vid stugan stängde Drew till allt innan han hoppade upp på hojen. Han behövde träffa Liane, berätta att han hade pratat med Jason, även om de måste göra det någon annanstans än vid vägkrogen. Han kunde fortfarande knappt tro att Bull hade buggat Lianes lägenhet, men det fanns ingen annan logisk förklaring – som Drew i alla fall kunde komma på – till hans märkliga rörelse under soffbordet tidigare.

*De måste misstänka Liane,* tänkte han medan han körde tillbaka mot Redstone Creek. *De vet att det definitivt finns en infiltratör i stan, men de vet inte vem. De måste gå igenom uteslutningsmetoden; alla som inte bokstavligen är födda här och som har regelbunden kontakt med Brethren. Av någon anledning* hade de uppenbarligen avskrivit alla misstankar mot Drew. Kanske för att han kom till stan efter att de varnats om att det fanns en agent på plats, och på grund av hans släktband med Jacob, som åtminstone Bull och Kaleb uppenbart hade tyckt om och litat fullständigt på. Drew visste att han var tillräckligt lik Jacob för att hojåkarna uppenbarligen skulle vaggas in i falsk trygghet. Det är svårt att upprätthålla misstänksamhet mot någon som ser ut som en vän och beter sig precis som man förväntar sig att någon som delar ens ideologi ska bete sig. Det gamla ordspråket: *Ser det ut som en anka, går som en anka och kvackar som en anka, så är det med största sannolikhet en anka.* Sändningen med droger som han och Kaleb hade tagit med från Kanada nådde sin destination utan att bli stoppad, spårad eller ens nämnd i information som nådde DEA, och det var tydligen det sista som övertygade Bull om att han gick att lita på.

Vägkrogen kom i sikte och Drew lättade på gasen, svängde in på parkeringen och ställde hojen på Brethrens vanliga plats. Det stod inga andra hojar där, men han påminde sig om att det inte nödvändigtvis betydde att ingen på Brethrens lönelista var där inne.

"Hej, snygging", ropade Liane från bakom baren när han kom in på vägkrogen, och han gick rakt bakom bardisken och lutade sig in för att kyssa henne.

"Hej själv."

”Tillbaka så snart? Du kan visst inte hålla dig borta, va?” Hon log upp mot honom, retfullt. De spelade för publiken, som bestod av ett halvdussin stammisar på sina pallar vid baren, som redan var på sina tidiga eftermiddagsöl. ”Hej, Joe, kan du ta baren en stund? Jag vill ha några minuter med min kille.”

”Självklart, chefen”, sa den andre bartendern glatt. ”Jag klarar de här idioterna. Går ni upp?”

”Ut en sväng för lite frisk luft, tror jag. Har haft så mycket att göra att jag inte minns när jag senast tog en promenad. Kom, vi tar en sväng ner till sjön.” Hon lade handen i armvecket på Drew och han följde gärna med.

”Du hade rätt”, sa hon mjukt när de gick nerför stigen mellan de höga tallarna bakom vägkrogen, de enda ljuden var fåglarna som sjöng i träden och deras kängor som knastrade mot torra tallbarr. ”Bull satte en bugg under soffbordet och Kaleb planterade en till i mitt kök.”

”Jag tror att det är ett fiskafänge. De vet att det finns en infiltratör och de går igenom uteslutningsmetoden.”

Hon fnös. ”Ett dyrt fiskafänge. Ganska säker på att buggen är av myndighetsmodell.”

Drew formade läpparna till en stum vissling. Det lade till en ny dimension. ”Tror du att någon lyssnar live? Någon på statens lönelista?”

”Kanske. Jag känner mig väldigt misstänksam, ska jag säga. Jag informerade min chef om de inkommande människohandelsoffren och han ville skjuta över det till FBI. Jag vägrade rakt av och pressade honom att gå med på att ställa upp med en insatsstyrka som backar upp oss den fjärde.”

”Vi har mer hjälp också”, sa Drew, och berättade om sitt samtal med Jason.

De nådde sjöstranden och stannade vid den lilla träbryggan där, och blickade ut över det blå vattnet. Båtar guppade omkring, fler nu när sommarbesökarna började anlända. Det var vykortsvackert, stilla och vackert, och Drew hade svårt att tro att fulheten lurade så nära. Så mycket av hans aktiva militärtjänst hade tillbringats i hård och oförlåtande terräng, under den brutala ökensolen eller bland taggiga, ogästvänliga bergstoppar. Våren och sommaren i norra Idaho kändes bedrägligt fridfulla och säkra, men hans liv var lika mycket i fara nu som det någonsin hade varit.

Och det var Lianes också, vilket skapade en mycket obehaglig känsla i magen. Han hade tjänstgjort sida vid sida med kvinnor – även om de inte hade kunnat bli Rangers förrän helt nyligen fanns det gott om soldater, förare och logistikofficerare på alla nivåer, plus helikopter- och flygplanspiloter som han hade arbetat med och respekterat – men han hade aldrig gått i strid med en kvinna han hade känslor för vid sin sida, och det stred mot varenda instinkt han hade.

”Det måste vara sjön”, sa Liane plötsligt, vilket fick honom att blinka.

”Va?”

”Det måste vara så sändningen den fjärde kommer in. Och varför de har valt just det datumet.” Hon pekade ut mot vattnet. ”Den norra delen av sjön ligger i Kanada, den korsar gränsen. Normalt är gränspolisen rätt upptagna här – de har ett par patrullbåtar – men den fjärde är på en lördag i år, sjön kommer vara ett totalt kaos. Båtar överallt. Om du har två som ser i princip identiska ut kan de lätt byta plats mitt ute på sjön. Herregud, du skulle till och med kunna simma folk mellan två båtar.”

Det var logiskt. Väldigt logiskt. Och det förde in en ny dimension i vad de eventuellt skulle behöva hantera.

"Det betyder att någon i Brethren har en båt", sa Drew, mer för sig själv. Han hade nu varit hemma hos i stort sett alla, sett alla deras fordon, och han hade städat dem allihop under sin prövotid också. Ingen av dem bodde vid sjön eller längs bäcken som gett Redstone Creek sitt namn, och han hade inte heller sett någon båt på släp i någons garage eller på gården.

"Du vet fortfarande inte var Gerry bor, va?" sa Liane detsamma som han just tänkte. "Det måste vara han. Han och Jacob brukade alltid prata om att åka och fiska tillsammans."

"Konstigt nog har han inte frågat mig om jag gillar att fiska", mumlade Drew.

"Kanske är det en omskrivning. Inget med fiske att göra egentligen."

"Jag tror att du är något på spåren." Sjön måste vara nyckeln. Drew hade kämpat med att förstå varför Brethren samlade människohandelsoffren i en stor grupp i stället för att smyga över dem individuellt eller i små grupper. En båt med ett rejält utrymme under däck kunde packa in dem som sardiner och flytta dem väldigt snabbt.

"Jag kan inte fatta att det nästan är över", sa Liane då, och han vände huvudet för att se på henne ordentligt, eftersom hon befann sig på hans högra sida och han inte kunde se henne med sitt dåliga öga.

"Inte ens en vecka kvar", konstaterade han.

"Jag har varit här så länge." Hon gnuggade armarna och skakade på huvudet. "Jag vet inte vad jag ska göra av mig själv utan en livlig vägkrog att driva."

"Vad händer med den när du är borta?"

Hon ryckte på axlarna. "Inte mitt problem. Jag har skrivit referenser till min personal som kommer att postas till deras hemadresser när allt det här är över. Det finns en mejladress på dem som man kan kontakta, och den går till ett ATF-bord. Ingen koppling tillbaka till mig personligen, men de blir inte utan."

Liane bryddе sig, tänkte Drew: hon bryddе sig om Merrick och Ava och Joe och den andra personalen. Hon hade lagt mycket av sig själv i vägkrogen.

"Vad ska du göra när det är över? Ta ett nytt undercoveruppdrag?"

Hon tuggade på underläppen innan hon till slut svarade honom. "Nej. Jag tror att jag är klar. Jag har samlat på mig nog med tjänsteår för att få en post var jag vill inom myndigheten. Jag måste bara bestämma var."

Hon frågade inte om *hans* planer, tänkte Drew när de vände om och började gå tillbaka längs stigen mot vägkrogen.

Kanske kände hon instinktivt att han ärligt talat inte hade några, bortom att slutföra det här uppdraget och hålla henne säker genom det.

# KAPITEL ARTON

DEN FJÄRDE JULI GRYDDE klar och solig, knappt ett moln på himlen, även om det som alltid låg en antydan av brandrök i vinden från avlägsna skogsbränder, konstaterade Liane när hon lämnade lägenheten och gick nerför trappan. Drew gick före henne, och på det spända sättet hans axlar höll sig visste hon att pressen började tära på honom. De hade båda hanterat att skruven drogs åt dag för dag nu, och de kunde inte ens prata om det av rädsla för Brethrens buggning.

Brethren hade planerat att komma till vägkrogen för lunch och träffa Drew där, så de visste att inget skulle hända på förmiddagen. Liane hade redan bestämt sig för att stänga vägkrogen på eftermiddagen ändå; av erfarenhet från förra året visste hon att även hennes stammisar brukade tillbringa dagen med familjen och att det inte skulle bli mycket att göra. Dessutom skulle hon ha fullt upp.

Hon sa lågt till Drew när de kom fram till dörren till vägkrogen och hon fiskade upp nycklarna: "Hur är läget?"

"Jodå. Lugn före stormen, eller hur?" Han log mot henne, men hon såg att det var ansträngt. På impuls lät hon nycklarna hänga kvar i låset, sträckte upp armarna runt hans nacke och drog ner honom till sig, lät deras pannor mötas.

"Det kommer att bli bra", viskade hon, lika mycket för att lugna sig själv som honom. Hon försökte viljestyra fram det utfall hon ville ha.

Hans händer gled upp till hennes midja och slöt sig där, men han sa inget, bara vred lite på huvudet och lade en långsam, dröjande kyss mot hennes läppar.

Båda visste, även om ingen av dem sagt något, att det här kunde vara sista gången de var ensamma så här. Sista gången de kysstes, även om Liane ivrigt önskade att det inte skulle bli så, att de på något vis, när allt var över, skulle kunna hitta varandra igen.

Hon trodde bara inte att det var troligt. Hon skulle tillbaka till DC för avrapportering, och även om hon så småningom förmodligen skulle behöva komma tillbaka för att vittna vid de rättegångar som skulle hållas mot Brethrens medlemmar, vem visste var Drew skulle befinna sig då? Han skulle också behöva lämna trakten, och han hade inte nämnt några planer, bara muttrat något om Guàlize, märkligt nog, och att det kanske fanns en jobb-möjlighet för honom där.

Hans röst var ett dovt rasp mot hennes tinning: "Var försiktig där ute. Jag vet inte om jag skulle klara det om något hände dig."

"Du kommer att vara i större fara än jag. Var du försik-tig."

"Javisst, frun."

En klump steg i halsen, och hon var tvungen att blunda mot de svidande tårarna som hotade. "Tack", viskade hon.

"För vadå?"

"Allt. För att du är här. För att du är du."

Hans läppar snuddade vid hennes panna, fjäderlätt. "Jag hade inte kommit så här långt utan dig. Jag famlar bara omkring i mörkret, det är ett under att jag inte har sabbat din insats."

Liane pressade fram ett skratt genom den strama halsen. "Det hade inte funnits någon insats utan din intel. Sälj dig inte billigt. Du skulle bli en grym infiltratör."

"Ganska säker på att inga av bokstavsmyndigheterna skulle ta mig, med bara ett bra öga."

"De vore idioter om de nobbade dig bara för det, och de är ändå inte de enda i stan. Om grejen i Guàlize inte flyger, hör av dig. Min syster jobbar på ett privat bolag. De kan mycket väl ha något för dig."

"Jag ska ha det i åtanke."

Ljudet av en bil som svängde in på parkeringen bakom dem fick Liane att motvilligt ta ett steg tillbaka. Det var Merrick som kom till sitt skift; Ava skulle redan vara i köket och förbereda lunch. Merrick nickade kort åt dem när han kom upp till dörren. Han hade inte direkt värmt upp inför Drew, utan gav alltid hans väst med Brethrens emblem onda ögat.

"Jag måste dra. Vi ses hos Bull och sen tillbaka hit för lunch. Jag frågade om jag kunde möta dem här, men Bull sa nej." Drew pratade tillräckligt högt för att Merrick skulle höra, medan Liane gjorde klart låset och puttade upp dörren. "Verkar dumt, men när chefen säger hoppa, då frågar vi hur högt."

Merrick sneglade hånfullt och slank förbi dem in i baren för att knäppa på lamporna. Liane ignorerade honom, sträckte ut handen och grep kort Drews hand. Hon ville inte släppa honom, en uråldrig instinkt inuti henne varnade henne för att göra det. "Ta hand om dig."

"Du med." Han gav hennes hand en sista tryckning och mötte hennes blick. "Det ordnar sig, Liane."

Hon hoppades innerligt det, men när hon såg honom gå därifrån, svinga sig upp på hojen och vråla iväg nerför vägen, knöt sig magen.

"Det är bara nervös förväntan", viskade hon till sig själv och tvingade sig att slita blicken från Drews avlägsnande gestalt. "Det här kommer att gå som på räls."

Inte för att någon razzia hon någonsin deltagit i hade gått precis enligt plan, förstås, men hon sköt undan den påflugna tanken och sträckte på ryggen. Hon hade jobb att göra.

Strax före tolv svängde vägkrogens dörr upp för att släppa in ännu ett sällskap på jakt efter lunch, eller det var åtminstone vad Liane antog att de var, tills hon kände igen mannen i täten för gruppen, Terrence Mallon, ledare för en ATF-insatsstyrka hon hade jobbat med tidigare. Hans blick mötte hennes och vidgades.

*Du känner inte mig,* tänkte Liane ilsket och sneglade bort som om hon var helt ointresserad. Och, *vad fan?* Hade inte hennes chef varnat ATF:s insatsstyrka om att hon var här på vägkrogen? Åtminstone hade de inga identifierande kläder, men de kunde knappast ha sett mer ut som poliser.

"Har inga fler bord till lunch", upplyste Merrick sorglöst Terrence.

"Vad sägs om det där bordet?" En av de andra i styrkan pekade på Brethrens bord, ännu inte upptaget.

"Reserverat." Lianes ton var snärtig. "Tyvärr, hörrni. Det är fullt idag. Kan inte hjälpa er."

"Vet inte om jag skulle lita på maten här ändå." Terrence tittade inte på henne när han skrattande sa till sitt team: "Ser rätt skabbigt ut. Kom, vi plockar några mackor eller något på macken och kör vidare."

*Dra härifrån innan Brethren kommer, tänkte Liane* åt dem med kraft. Och hon hoppades att de inte körde svarta SUV:ar, standardmodell för myndigheter, för om Brethren såg ett par sådana i närheten kunde de bli skraja och ställa in överlämningen.

"Vilka var det där?" undrade Merrick nyfiket när dörren slog igen.

"Hur skulle jag veta det?" Liane ryckte likgiltigt på axlarna. "Har inte tid att bry mig om folk som bara passerar när vi inte ens kan mätta dem. Otrevliga rövhål ändå. De hade säkert inte lämnat mycket dricks. Till skillnad från Andrades, så stick dit och ta deras beställning, grabben." Hon pekade Merrick mot ett äldre par – stammisar – som försökte få hans uppmärksamhet.

Genom fönstret såg hon Terrence, som stannade till vid sitt fordon – en grå SUV i stället för en svart, lyckligtvis – nästan som om han väntade sig att hon skulle komma ut och briefa honom. Vilken idiot. Det här skulle hon definitivt ta upp med sin chef senare.

Å andra sidan, funderade hon medan hon gjorde i ordning drycker med händerna på autopilot, kanske var chefen bara försiktig och höll informationen strikt åtskild. Information Liane själv hade skickat ut hade blivit komprometterad, även om det var innan de visste säkert att det fanns en mullvad på DEA. Ändå betydde det inte att det inte kunde finnas en mullvad på ATF också. Att inte tala om exakt var hon fanns var ytterligare ett skyddslager för henne. I det här sena skedet hade det dock åtminstone varit smart att varna Terrence för var han borde undvika.

Brethren kom in, märkligt nog utan Gerry som av någon outgrundlig anledning inte var med, åt sin måltid med mer gapskratt och menande flin åt varandra än vanligt. De var på strålande humör, uppenbart förväntansfulla, även om vetskapen om vad de såg fram emot gjorde Liane illamående, och det var svårt att le när hon tog emot sedelbunten Cash lade på disken.

”Glad fjärde juli”, sa hon glatt, och gängets sekreterare nickade.

”Detsamma. Ska du kolla fyrverkerierna vid sjön senare?”

”Klart. Hoppades att Drew kanske skulle dyka upp?” Hon gjorde det till en fråga, men Cash skakade på huvudet.

”Vi har affärer i eftermiddag. Ledsen, tjejen.”

”Bröder före brudar, jag fattar.” Hennes uttryck gjorde klart att hon inte gillade det något vidare.

Cash gav henne ett gillande leende. ”Kom ihåg det där, så kommer du klara dig fint som Drews brud.”

Det krävdes allt hon hade för att inte ladda och smälla Cash på hans flinande käft. Hon log bara stelt i stället och stoppade pengarna i kassan. ”Ingen Gerry idag?”

”Saknade du honom, va?” Cash skrattade rått när Liane vred munnen i avsmak. ”Han har fullt upp. Fixar lite i sista minuten före... i eftermiddag. Oroa dig inte, han är tillbaka här i morgon. Jag ska säga att du frågade efter honom.”

*Jag är inte här i morgon, och du och Gerry kommer båda sitta och svalna i häktet.* Liane ville så gärna säga det, men hon slöt läpparna om orden.

Drew dröjde på väg ut för att säga ett tyst farväl och lutade sig över disken för att snudda vid hennes läppar. Han gjorde ett bra jobb med att verka avslappnad, tänkte hon, trots att han var på väg in i en okänd situation där otaliga oförutsägbara variabler kunde äventyra utfallet de hoppades på.

"Ta hand om dig", var allt hon vågade säga.

"Du med." De bytte en sista blick innan han följde de andra ut.

Hon stängde vägkrogen prick tre, och sa till några som ogärna ville dricka ur och gå att det var hennes helgdag också och att de kunde dra. Stammisar som var vana vid hennes fräna tunga skrattade och tömde stället ganska snabbt. Hon betalade personalen och la resten av dagens intäkter i kassaskåpet, körde dagsavslutet på kortterminalen på autopilot och småskrattade åt sig själv när hon insåg att det inte spelade någon roll. Hon skulle aldrig sätta sin fot här igen.

Hon låste dörrarna, gick uppför trappan, tog en snabb dusch och bytte till praktiska cargobyxor, kängor, en långärmad skjorta och en lätt jacka. Hon kontrollerade och hölstrade pistolen, stoppade tre extra fyllda magasin i fickorna, tog med sin brännartelefon och lät blicken svepa över lägenheten.

Hon hade aldrig haft något här som hon inte kunde leva utan. Saker som verkligen var personliga fanns på vinden hemma hos hennes mamma, eller i hennes skåp för personliga tillhörigheter på ATF:s huvudkontor i DC. Hon hade samlat på sig några saker det senaste året som hon gillade, men inget hon på allvar skulle sörja att lämna.

Ingenting utom Drew, då.

Med ett snett leende stängde Liane dörren bakom sig och gick nerför trappan, mot sin pickup. Hon tänkte logga in på ATF:s säkra app och ta reda på var hon skulle möta Terrences fältteam.

Hon hade handen på dörrhandtaget när röda och blått blinkande ljus som speglades i bilrutorna fick henne att vända sig om. Ett fordon från sheriffkontoret tvärade in på parkeringen, föraren tvärnitade och stannade snett intill henne. Jason Hunter kastade sig ur, likblek i ansiktet.

"Vi har ett problem."

# KAPITEL NITTON

DREW FOKUSERADE PÅ ATT hålla andningen lugn och jämn medan han körde sin Harley längst bak i ledet, som den junior han var. Bulls telefon hade ringt när de lämnade roadhouset, och Bulls min hade mörknat medan han lyssnade på den som ringde, tills han tvärt avslutade samtalet.

”Planen ändras”, röt han. ”Vi åker direkt till Gerrys ställe nu. Fall in.”

*Jag får äntligen se Gerrys ställe,* tänkte Drew och önskade att han kunde uppdatera Liane. Kanske skulle han få chansen senare. Han skulle inte göra det med telefonen som Brethren hade gett honom, men han kanske kunde smita i väg och använda den brännare som Liane hade fixat. Han hade hittat ett sätt att gömma den på hojen genom att fästa en magnet på undersidan av motorfästet och en liten metallåda som höll telefonen där.

Gruppen körde genom Redstone Creek och ut på andra sidan, svängde in på en mindre väg som följde bäcken som svängde bort från den södra sidan av sjön. Några minuter senare ledde Bull dem genom ännu en sväng, den här gången in på en igenvuxen skogsväg som ändå bar spår av regelbunden trafik. Det hade en gång varit en riktig asfalterad väg, tänkte Drew när hans hoj hoppade över sprucken asfalt, med mossa och gräs som trängde upp genom sprickorna. Tallarna som fanns överallt i området växte tätt intill vägen, så det var svårt att se.

De kom ut ur tallarna och Drews ögon vidgades av överraskning över hur stort komplexet av byggnader framför dem var. Det här var inte den enda lilla stugan han hade väntat sig, inte ens ett hus; det här var industriellt, om än förfallet.

*Ett sågverk,* tänkte han och tog in planlösningen. Ett gammalt, som troligen hade utnyttjat bäckens läge för att flotta timmer nedströms från sjön. Det hade varit nedlagt i åratal, av allt att döma, kanske årtionden, men åtminstone en av byggnaderna såg bättre underhållen ut. Brethren ställde upp sina hojar framför den och slog av dem, de dånande motorerna dog bort till total tystnad. Drew hörde inte ens fåglarna sjunga.

Byggnaden såg mer ut som ett hus än de andra, tänkte han; kanske en tidigare förmansbostad. Någon måste ju ha bott på plats. Och uppenbart bodde Gerry här nu, för en dörr svängde upp och bikern klev ut på verandan.

Gerry såg lika förbannad ut som Bull hade gjort; kanske var det han som hade ringt. Drew undrade vad det handlade om medan han tog av sig hjälmen och ställde den på sätet.

”Du”, spottade Gerry och pekade på honom.

”Vad?” Drew tänkte inte backa en tum för den här snorungen. Han sköt fram hakan utmanande och stirrade ner honom i stället.

Gerry klev fram till verandakanten och kastade något vid Drews fötter. Instinktivt tittade han ner, rynkade pannan och försökte förstå vad de tilltufsade bitarna av metall och plast hade varit.

”Vad är det där?”

”Kom inte med det där tugget! Det är en jävla rörelsestyrd viltkamera. Och jag hittade den riktad mot din infart.”

*Fan. Hunters kamera.*

Inte för ett ögonblick lät Drew något annat än förvirring synas i ansiktet. Kaleb hade vänt sig mot honom med ett uttryck av ren svekelse; Bull såg rasande ut, Cash beräknande.

”Vad fan har det där med mig att göra?” Om han visade svaghet, skulle de slita honom i stycken. Hans enda hopp var att så tvivel och splittring. ”Du tror väl inte att jag för fan satte dit den?” Drew lät vreden höras både i ansiktet och rösten. ”Vad fan anklagar du mig för, Gerry?” Han tog ett hotfullt steg fram.

”Satte *du* dit den?” frågade Kaleb plötsligt, och till Drews häpnad tittade ungen på Gerry, inte på honom. ”Du har aldrig gillat Drew. Försöker du hitta på sånt här skit för att sätta dit honom eller vad?”

Gerrys ansikte blev purpurfärgat och han svällde upp som en groda. Han hoppade ner från verandan och skulle just grabba tag i Kaleb, men Drew klev emellan.

”Låt Kaleb vara. Ditt problem är med mig.”

”Jävligt rätt det är”, spottade Gerry åt honom. ”Jag har anat oråd med dig från början. Du snackar om Jacob som om solen sken honom i röven, men när han var full brukade han prata om vilken pryd liten bitch du var som unge. Sa att du var bästis med någon jävla kines-unge.”

"Skitsnack", sa Drew, men han kände hur stämningen skiftade. Han trodde att åtminstone Cash hade vacklat och undrat om Gerry kanske hade planterat kameran. Nu tittade de alla på honom med tvekan i blicken. "Om du inte planterade den där kameran, så gjorde någon annan det för i helvete, för jag har aldrig sett den i hela mitt liv." Det borde ha fördelen att låta sant, för det var sanningen. Han hade känt till att den fanns, men inte mer än så.

"Vem skulle hålla koll på ditt ställe och bara ditt ställe?" spottade Gerry åt honom. "Jag kollade runt vid allas hus. Inga kameror någonstans."

"Varför skulle jag bevaka min egen infart?" försökte Drew låta logisk. "Om jag ville ha koll på säkerheten, skulle jag sätta en kamera på huset. Inte infarten."

"Men om du ville se vem som kom och gick, skulle du sätta den på infarten."

Gerry blängde på honom, tå mot tå. Drew vägrade backa.

"Vem det än var som satte dit kameran", sa Bull och bröt dödläget. Båda tittade på honom. "Om det inte var du, eller någon du rapporterar till..."

"Den enda jag rapporterar till är dig!" Drew höll masken av sårad oskuld.

Bull såg bister ut. "Håll käften. Jag pratar. Vem det än var så höll de koll på ditt ställe. Vilket betyder att vi absolut inte kan ta varorna dit. Vi måste flytta dem direkt härifrån... i dag."

"Och *han* kan inte vara inblandad." Gerry tryckte fingret i Drews bröst.

Det var ren instinkt: Drews hand for upp utan att han ens hann tänka. En halv sekund senare hoppade Gerry bakåt, skrikande, när Drew böjde hans finger bakåt i en onaturlig vinkel.

"Rör mig igen och jag matar dig med det där jävla fingret!" fräste Drew.

"Släpp honom!" skrek Bull och började rusa fram.

Hotet kom från andra sidan, hans blinda sida. Drew hörde suset av luft som trängdes undan men var inte tillräckligt snabb för att väja; han var tvungen att vrida huvudet för långt, hann bara låta sitt friska öga snappa upp en skymt av fyrtumfyran som Cash svingade. Precis innan den träffade honom i bakhuvudet.

"Är det något problem, sheriff?" sa Liane, och vann tid.

"Ja." Hunter gav henne en rak blick. "Jag vet vem du egentligen jobbar för, och det är därför jag har kommit till dig. Drew Murphy är i trubbel."

Hon stelnade till. "Han stack precis för några minuter sen. Vad har hänt?"

"Med Brethren?"

"Självklart." En klump av skräck lade sig i magen.

"Jag satte en viltkamera på hans infart, för att hålla koll på vilka som kom och gick... mest för att veta när jag kunde få tag på honom ensam och prata. Någon hittade den för ungefär en timme sen." Han sträckte fram sin telefon mot henne: motvilligt tittade hon ner på skärmen. Hon svalde kväljning när hon utan svårighet kände igen mannen på det korta, gryniga klippet som spelades.

"Det där är Gerry. Klubbens ordningsman." Han hade tydligt fångats precis innan kameran rycktes loss och klippet abrupt tog slut.

"Vem de än tror satte dit kameran – Drew eller någon annan – så vet de att platsen är komprometterad."

"Vilket betyder att teamet jag kallade in är på fel plats!" stönade Liane. Hon skyllde inte på Hunter för att han satt dit kameran, inte högt i alla fall; hon såg på hans illa till mods-min att han redan skyllde på sig själv ändå. "De kommer aldrig ta människohandels-offren dit nu. De kan lägga ner hela insatsen."

"Kanske, men om du och Drew hade rätt om hur de transporteras, så kanske de inte gör det. Kanadensarna kan redan vara på vattnet."

"För sent att tipsa gränspolisen?" undrade Liane.

"Troligen alldeles för många båtar ute på sjön. Det har varit en jämn ström av båtar på släp åt det här hållet hela dagen. Om vi inte har mer specifik information om vilka båtar de letar efter – och vissheten att den vi tipsar inte står på Brethrens lönelista..."

"Ja, och det har vi inte. Minst ett par av de lokala gränspoliserna måste i princip vara smutsiga." Liane gick av och an, tänkte. "Jag måste ringa in det här till min chef, få teamet omgrupperat. Se om vi kanske kan rädda uppdraget."

"Och få ut Drew därifrån, för i bästa fall är det femtio-femtio om de tror att han inte kände till kameran. Men var?"

De stirrade på varandra.

"Jag vet inte", medgav Liane. "Vi lyckades aldrig lista ut var Gerry bor, och vi tror att det är han som har båten."

"Satte du en spårsändare på Drew?"

”Nej, vi var oroliga att de skulle hitta den. De är förvånansvärt teknikvassa och välutrustade – buggarna de placerade i min lägenhet var av bra kvalitet, nyare myndighetsgrejer. Och de insisterade på att Drew skulle ha en enkel telefon. Ingen GPS. Fast...” När hon tänkte på det grep Liane efter sin egen telefon. Kanske hade Drew brännaren hon gett honom med sig, på något sätt. Eller så kunde Jessikah spåra den enkla telefonen från signalerna den studsade mot mobilmasterna, som hon hade lovat att hon kunde. Ge dem åtminstone ett allmänt område att utgå ifrån, och hon och Hunter skulle kanske kunna snäva in det därifrån.

”Den telefonen är ungefär sex miles söder om dig”, sa Jessikahs lugna röst i telefonen cirka fem minuter senare. ”Den har inte rört sig den senaste halvtimmen, men innan dess var den vid ditt roadhouse. Hela natten...”

”Ja, tack, Jess”, sa Liane skyndsamt. ”Jag måste dra...”

”Ring mig innan ni går in”, beordrade Jessikah. ”Jag kopplar upp mot en satellit och kan ge er realtidsstöd under insatsen.”

Än en gång undrade Liane vad fan det var för slags verksamhet hennes syster jobbade för numera: det där var NSA-nivå på tillgång, men ett privat bolag? Hon sköt undan frågan, för nu, och slog redan ett annat nummer, beredd att ge sin chef de dåliga nyheterna.

”Vi går in före”, sa hon. ”Vi är mycket närmare.”

”Du och den här lokala sheriffen?”

Hon hörde den cyniska avsmaken i chefens röst.

”Jag och ex-Rangern”, rättade hon, ”som kan de här skogarna som sin egen ficka.”

Jason Hunter gav henne en snabb sidoblick, men han var redan vid bagaget på sin bil, ryckte ut och tog på sig kroppsskydd. Han höll ut en väst mot henne och hon tog tacksamt emot den.

”Du gjorde din hemläxa om mig.” Han sa det som en fråga.

”Min syster gjorde det, faktiskt. Hon är mitt tekniska stöd... eftersom jag inte riktigt har litat på myndigheten. När Drew sa att du rekryterade honom, tänkte jag att jag bäst kollade upp dig. Ville vara säker på att du inte tänkte klampa rakt in i min operation.”

”Och det gjorde jag.” Hunter såg ut att äcklas av sig själv. ”Kan inte fatta att de hittade den där viltkameran. Jag borde ha plockat ner den, men jag tänkte, bara en dag till...”

”Jag tror det var ren jäkla otur”, tröstade Liane medan hon fäste kardborrebanden i sidorna på västen. Den var lite stor för henne, men mycket bättre än inget.

Hunter plockade vapen ur bagaget; ett pumphagelgevär och en MP5. Han gestikulerade att Liane skulle välja. Hon övervägde och tog emot hagelbössan. Den såg mer avskräckande ut än hennes rosa Glock, åtminstone.

Hunter hoppade in i bilen, tog fram en satellitbild av adressen Jessikah gett dem på datorn i instrumentbrädan. ”Den gamla sågen”, mumlade han för sig själv när Liane gled in bredvid. ”Den var övergiven redan när jag var unge. Vi brukade hänga där och drälla ibland, jag och några polare. Bra ställe att försvinna till och dricka öl utan att någon hade en aning om vart vi tagit vägen.”

”Troligen ingen bra idé att köra upp för infarten med sirenerna på”, påpekade Liane.

”Nä. Vi går in här.” Han pekade på en annan smal väg som löpte parallellt med sågens infart, kanske en halv mile bort. "Vi går in till fots. Vi är på plats när ditt insatsteam hinner ikapp. Om de inte har helikopter?"

"Det tvivlar jag på. Min chef hade sagt till."

"Fattar." Han startade motorn och drog iväg från parkeringen, slog på takljusen men lät sirenen vara avstängd, åtminstone än så länge. "Håll i dig."

# KAPITEL TJUGO

"JÄVLAR, AJ." DREW KOM till med ett ryck, stönade när han försökte röra sig och huvudet svarade med en huggande, outhärdlig smärta. I en skräckslagen sekund trodde han att han hade förlorat synen på vänster öga också, när han blinkade och det inte fokuserade, men långsamt blev världen skarpare igen och han kunde se.

Han låg på golvet i ett litet, mörkt utrymme. Bar betong under honom, grå betongblocksväggar. Den enda belysningen var en naken glödlampa som hängde från taket.

Och, insåg han när han försökte röra sig, hans händer var bundna bakom ryggen. Buntband, upptäckte han, när han kände med fingertopparna och kände plasten. Men tunna buntband, inte riktiga plastbojor.

"Idioter", sa han högt, innan han pressade sig upp och rullade över på knä. Han brydde sig inte om att resa sig än, utan lutade sig framåt, spände musklerna och slog ner handlederna hårt mot ländryggen, tvingade dem isär. Buntbandet gick av på första försöket.

När han kom på fötter kände Drew försiktigt på huvudet. Det fanns en rejäl bula bakom örat som skickade en ny, bländande smärtstöt genom honom när han rörde vid den, och fingrarna blev klibbiga av blod, men det kändes som att det i stort sett hade slutat blöda, blodet var tjockt och koagulerat. Han skulle få en satans huvudvärk, men han trodde inte att skallbenet var sprucket.

Även om det var det, var det inte som att han kunde göra något åt det just nu. Han hade uppenbart dumpats här, var det nu än var, och låsts in. Den enda dörren han kunde se såg deprimerande solid ut, riktig metall, och det fanns inget handtag på insidan. Han gav den ett par prövande sparkar, men tänkte att han nog hade större chans att bryta fotleden än dörren, särskilt som han såg att den var gångjärnsfäst för att svänga inåt.

"Plan B", muttrade Drew, medan han snurrade runt och granskade rummet. Han undrade om han fortfarande var någonstans på kvarnens område. Det kändes inte som om särskilt mycket tid hade gått sedan Cash slog ner honom, men han kunde förstås ha helt fel. Det fanns ju inga fönster som släppte in ljus så att han kunde avgöra vad det var för tid på dygnet.

Endast tre av de fönsterlösa väggarna i byggnaden han befann sig i var av betongblock; den fjärde var gips. Han knackade prövande och nickade eftertänksamt åt det ihåliga ljudet. Tja, vid det här laget hade han inte mycket att förlora. Han tog ett steg tillbaka, ställde sig i position och klippte in en sidspark i gipset.

Det tog bara några sekunder för honom att sparka sig igenom två lager skivor in i tomrummet bortom och riva upp tillräckligt för att göra ett hål stort nog att ta sig igenom. Det han fann på andra sidan fick honom att stelna till, munnen föll öppen av chock.

Två unga kvinnor – egentligen flickor, han tvivlade på att någon av dem var äldre än tonåren – klamrade sig vid varandra i rummets bortre hörn, skräckslagna uttryck i ansiktet när de stirrade på honom där han kravlade genom väggen.

Drew svepte rummet med en heltäckande blick. En fläckig dubbelsängsmadrass på en enkel järnsängstomme med några filtar ovanpå. En hink i motsatt hörn. En kartong på golvet bredvid sängen, plastflaskor med vatten syntes i den; en liten hög smutsiga pappersassietter bredvid. Ännu en ståldörr som den enda uppenbara utvägen.

”Vem är du?” pep den ena av flickorna. ”V-vad vill du?”

Det fanns ingen trots i någon av dem, bara skräck. Kläderna de bar var knappt mer än trasor, och de var båda barfota, smutsiga och alldeles för magra.

”Jag heter Drew Murphy”, sa han, ”och jag vill samma sak som ni vill.”

De stirrade på honom.

”Att komma härifrån, så långt bort det bara går.”

”Du är en av dem”, sa den flicka som inte hade pratat än, anklagande.

Hon tittade på hans väst, tänkte Drew, och han log snett, ryckte av sig västen och kastade den på golvet. Han behövde inte låtsas längre.

”Inte direkt. Jag jobbar undercover, för sheriffkontoret.”

”Sheriff McCarthy?”

”Nej. Ganska säker på att han var i deras ficka, men han var en av Manhunters... ni vet inte vilka det är, eller hur? Hur länge har ni varit här?”

Båda ryckte på axlarna.

"Länge", sa den som pratat först. Hon verkade aningen modigare av de två, försökte skydda sin vän bakom sig. Lite längre och kraftigare med ljust hår och blå ögon; Drew tänkte att hon nog var väldigt söt under all smuts. Eller skulle vara, om inte ögonen var så hemsökta. "Jag heter Sasha."

"Vad?" Det namnet kände han igen! "Sasha Thoms? Och du... är du Emily Darnell?"

Emily kröp längre bak bakom Sasha. Hennes hår var mörkare, mellanbrunt, och hon var ännu smalare än Sasha, på gränsen till utmärglad.

"Varför har de behållit er?" undrade Drew högt, oförmögen att förstå varför Brethren inte bara hade sålt vidare de två flickorna i Vegas, som han och Hunter hade spekulerat i att de kunde ha gjort.

"Vi känner Kaleb." Sasha svarade honom, och hennes uttryck mörknade. "Han... erbjöd oss skjuts. Bussen var så långsam, och det var en riktigt creepy snubbe på den som hela tiden försökte stöta på Emily, så vi sa ja. Men han körde oss inte hem, han tog oss hit, till den här övergivna kvarnen. Det fanns flera andra här. Kaleb sa att han hade hittat lite extra bonusgods, men den äldre – hans farbror, tror jag..."

"Bull", viskade Emily nästan ohörbart.

"Ja, han blev vansinnig. Han sa att vi inte kunde säljas vidare eftersom vi kunde identifiera dem. Vi kände till var det här stället låg och Kalebs namn. Det skulle kunna kompromettera hela operationen. Jag tror att Bull tänkte döda oss, men Gerry... Gerry sa att han gärna ville behålla oss ett tag."

Emily rös, en rysning genom hela kroppen, och Drew bet ihop tänderna och tänkte på alla sätt han ville få Gerry att lida.

"Och ni har varit inlåsta här sedan dess?" frågade han mjukt, medan han rörde sig rastlöst runt rummet för att snabbt undersöka det, och kollade dörren även om han misstänkte att den skulle vara samma typ av orubblig konstruktion som den i rummet han vaknat i.

"Ja." Sasha stod fortfarande för det mesta av pratandet. "Ibland tar Gerry med någon av oss till sitt ställe för en dusch. Vi har letat efter tillfällen att fly, men..."

"Ni har ju inte ens skor", påpekade Drew när hon tystnade. "Hur långt skulle ni komma barfota? Vi är flera miles utanför stan, i besvärlig terräng." Ärligt talat tyckte han att de båda hade haft tur som fortfarande var vid liv, trots att de uppenbart hade utsatts för fruktansvärda övergrepp av Gerry och troligen andra medlemmar i Brethren.

Emily iakttog honom med misstro i blicken, men Sasha tog ett litet steg mot honom.

"Precis! Vi kunde inte. Och även om jag hade kunnat – jag kunde inte lämna Ems."

"Självklart inte", höll han med, grep tag i sängstommens fotända och gav den en prövande skakning. Den knarrade men verkade i grunden solid, så han steg upp på madrassen.

"Vad gör du?" Det var Emily som frågade den här gången, med en gnutta nyfikenhet i uttrycket när hon såg honom stå på sängen.

"Jag är inte sugen på att vänta på att gänget ska komma tillbaka och storma in genom den där dörren, eller den andra, för att göra slut på mig." Han sträckte upp handen och knackade i taket. "När ni åkte till Gerrys ställe för en

dusch, fick någon av er en bra titt på den här byggnaden
när ni kom tillbaka? Någon chans att ni kan beskriva taket
för mig?"

"Plåt", sa Sasha, och hopp började smyga sig in i hennes
ögon. "Ganska låg lutning. Tänker du att vi kan ta oss ut
den vägen?"

"Kanske. Om man inte har konstruerat en byggnad
specifikt för att hålla folk inne, är taket ofta den svaga
punkten. Jag hör att det här bara är gipsskivor som är fästa
i takbjälkarna. Borde gå att slå sig igenom och komma upp
på vinden – och därifrån kan vi kanske bända loss några
plåtar." Han hoppade ner från sängen, sköt av madrassen
och bröt loss en ribba från botten. "Vi ser vad vi kan ås-
tadkomma, va?"

Det tog honom inte lång tid att bryta upp taket tillräck-
ligt för att göra ett hål de skulle kunna ta sig igenom. Sasha
klev modigt fram.

"Jag kan gå upp och titta, om du ger mig en skjuts."

"Det är riktigt modigt av dig, men jag går."

"Lämna oss inte!" Emilys röst darrade när Drew sam-
lade sig och hoppade, grep tag i en av bjälkarna han hade
blottlagt.

"Jag lämnar er inte." Han drog sig upp genom hålet i
taket. "Om jag kan få loss det här taket, drar jag upp er båda
och så drar vi allihop tillsammans. Varför river ni inte upp
en av filtarna och virar bitar runt fötterna, så ni får något
slags skydd?"

Liane kunde knappt tro hur snabbt och tyst Hunter rörde sig genom skogen. Han verkade nästan sväva fram över marken, i en långsam men stadig jogg, nästan ljudlöst. I kontrast knakade kvistar under hennes kängor för varje steg trots att hon försökte se var hon satte fötterna. Han såg inte bakåt för att kontrollera om hon hängde med, och hon märkte att han var förtvivlat orolig för Drew. Skuldkänslor kände han också, misstänkte hon, för att ha skickat in honom i den här situationen och sedan av misstag äventyrat hans säkerhet när kameran hittades.

Hon försökte inte alltför hårt att hålla jämna steg. Hunter var uppenbart mer än kompetent nog att hantera vad han än kunde stöta på, och hon hade satellitvyn över kvarnens mark uppe på mobilen och sin syster i andra änden av linjen, som pratade i hennes öronsnäcka – och tack och lov hade hon haft sina trådlösa snäckor i väskan.

”Ytterligare femtio yards så kommer ni ut ur träden”, sa Jessikah tyst i hennes öra. ”Jag har live-satellitbilder nu: inga tecken på rörelse på området. Ser inga fordon heller men det finns så många byggnader, en av dem kan vara ett garage med ett dussin bilar i och jag skulle inte veta det.”

”Några tecken på en båt?” frågade Liane, lågt.

”Inget i omedelbar närhet. Det finns en brygga i bäcken och vad som kan vara ett båthus intill, så återigen, det kan finnas något under tak som jag inte ser. Jag varnar dig om jag ser någon vattenfarkost närma sig.”

”Uppfattat.” Liane såg nu luckan i träden. Hon såg inte Hunter förrän han gav ifrån sig ett mjukt ljud för att fånga hennes uppmärksamhet; han hukade mellan två små buskar och var knappt synlig förrän hon var praktiskt taget över honom.

"Jessikah säger att ingen rör sig där inne", sa hon mjukt och hukade bredvid honom.

"Stort ställe att säkra, bara vi två." Hunter gillade uppenbart inte situationen det minsta. "Något besked om hur långt bort din insatsstyrka är?"

"Om trettio minuter."

Hunter bet sig i underläppen. "Vi skulle kunna vänta. Men jag har en dålig känsla." Han kastade henne en snabb glimt av ett leende. "Högst ovetenskapligt, men förra gången min mage knöt sig så här, visade det sig att min farbror var seriemördare."

Hon puffade till ett tyst skratt, men hon förstod vad han menade. Hon försökte hålla de påträngande tankarna stången, men fantasin fortsatte att servera henne skräckbilder av vad som kunde hända med Drew i någon av de där byggnaderna just nu.

"Ni kanske inte har trettio minuter", sa Jessikah i hennes öra. "En båt bröt just ur samlingen mitt på sjön och är på väg tillbaka åt ert håll. Den är några miles bort än men håller hygglig fart; jag skulle säga ETA kanske tjugo minuter."

Liane förmedlade snabbt informationen till Hunter. "Om det där är några av Brethren som kommer tillbaka efter att ha gjort upphämtningen, kan det betyda att de inte är allihop här. De är splittrade. Om vi kan ta stället innan de är tillbaka..."

"Söndra och härska." Hunter nickade. "Byggnaderna på den norra sidan av området ser betydligt mer förfallna ut." Han pekade, fingret beskrev en båge. "Vad säger du om att vi tar ett exekutivt beslut och fokuserar på de där borta?"

"Det där ser ut som ett hus." Liane pekade åt motsatt håll. "Platschefens bostad kanske, när stället var i drift?"

Det låg lite avskilt från själva huvudkvarnen och såg i bättre skick ut. "Börja där? Min gissning är att det är där Gerry faktiskt bor."

"Du tar baksidan. Jag tar framsidan."

Han gav henne den säkrare vägen, insåg hon, med möjlighet att hålla sig i trädlinjens skydd till sista möjliga stund. Men med tanke på hans uppenbara smygegenskaper – och förmodligen hans långt större stridserfarenhet som Ranger – var Liane helt beredd att följa hans ledning.

De delade på sig, Jason försvann ljudlöst in i labyrinten av förfallna byggnader, medan Liane tog sig fram så tyst hon kunde genom de glesnande tallarna vid skogsbrynet. Hon hade inte nått huset när ett högt oväsen fick henne att snurra runt och stirra mot en av de mindre byggnaderna som uppenbarligen revs inifrån och ut, när en stor del av dess tak gled av och kraschade i marken.

Ett vrål: "Vad fan, Murphy!" från huset fick henne att springa. Om Drew var i den där byggnaden ville hon se till att hon kom dit innan någon annan.

# Kapitel tjugoett

Taket var ganska stadigt, men det var inte byggt för att stå emot kraft inifrån. Drew tog spjärn mot takstolarna och sköt upp med ryggen i ett hörn, och en stor bit av järnplåten lossnade bara rakt av och gled ner i marken med ett öronbedövande brak.

"Fan!" Det där skulle få någon att komma springande. Han lutade sig ner över hålet i innertaket och sträckte ner handen. "Fort, kom igen, innan någon kommer!"

Emily tvekade uppenbart att röra vid honom, men Sasha skyndade på henne upp på sängen. "Håll upp handen, kom igen, jag är precis bakom dig!"

Ingen av dem vägde i närheten av vad de borde, upptäckte han när han drog upp dem en efter en. Det snurrade till i huvudet när han kom på fötter igen, och han fick gripa tag i den exponerade kanten på takplåten för att hålla balansen.

"Jag hör rop", sa Sasha och kikade ut genom hålet i taket. "Och det är någon som springer hitåt. Med ett vapen."

"Håll dig nere." Drew ville inte trycka till henne, så han pressade försiktigt mot sidan av hennes överarm. "Gör dig inte till en måltavla. Jag ska gå ner dit och ta hand om vem det nu är."

"Jag tror att det är en kvinna." Sasha hukade lydigt ner, men fortsatte att kika ut genom hålet. "Jag har aldrig sett en kvinna här förut. Är hon med dig?"

"Kanske", fast han visste inte hur Liane skulle ha listat ut var han var. Han kastade ännu en snabb blick runt. "Jag ska hjälpa er båda ner, och sen springer du och Emily till träden där borta, ser du? Det är inte långt."

"Och vad tänker du göra?" frågade Emily, tyst, medan hon stirrade på honom med stora ögon.

"Hålla tillbaka dem som följer efter." Fast utan vapen var han inte helt säker på hur. Förhoppningsvis var det faktiskt Liane där ute. "Kom igen. Nu går vi." Han krängde sig genom hålet i taket, sänkte sig ner och släppte. "Hoppa, Sasha!"

Han såg rädslan i hennes ansikte, men hon hoppade modigt, och Emily väntade bara tills Drew tagit emot Sasha och ställt henne på fötter innan hon följde efter.

"Spring!" Drew pekade, och de två tjejerna grep varandras händer och sprang så fort de kunde, bort från ropen som kom allt närmare.

Ett hagelskott fick Drew att rycka till, och sedan hörde han Lianes röst ropa hans namn.

"Här!" ropade han, och försökte hålla rösten låg, han ville inte avslöja sin position för fienden.

En sekund senare kom Liane runt husknuten, hennes blick svepte snabbt upp och ner längs honom i en snabb bedömning innan uppenbar lättnad korsade hennes ansikte.

”Du ser för jävlig ut”, var däremot det hon sa. ”Det är blod över hela din hals.”

”Fick en planka i skallen”, sammanfattade Drew. ”Jag klarar mig.”

”Om du säger det.” Hon såg magnifik ut, iförd en skottsäker väst med SHERIFF tryckt över bröstet, cargobyxor och kängor. Ett pumphagel i händerna fullbordade den stenhårda looken.

”Var fick du västen ifrån?” Drew nickade mot den.

”Hunter. Han dök upp inte långt efter att du stack, när han fattade att hans viltkamera hade hittats. Han är där ute någonstans. Vilka var det jag såg springa mot träden?”

En kula slog gnistor ur väggen strax bortom dem, och både Drew och Liane dök i skydd.

”Två tjejer som Gerry har hållit fångna. Vi måste få ut dem härifrån. Den ena är i rätt dåligt skick, och ingen av dem har skor. Jag tvivlar på att de kan springa långt.”

”ATF:s insatsstyrka är femton minuter bort.” Liane rörde vid en öronsnäcka i ena örat och grimaserade. ”Tyvärr har vi inte så lång tid. Jessikah tittar via en satellit i realtid, och hon säger att det är en båt kanske fem minuter härifrån.”

Ett skott small inte alltför långt bort, följt av ett högt skrik, och sedan tystnad.

”Jag tog honom”, ropade Hunters röst en stund senare. ”Han försökte smyga sig på er.”

Liane gjorde en gest, och Drew nickade. De båda sprang mot Hunters röst, i låg huk.

De fann Hunter stående vid husets veranda, med blicken på en kropp. Det var Ed, den äldste och långsammaste av Brethren; han hade förmodligen lämnats kvar för att hålla koll. Hans pistol låg på golvet inte långt från handen.

Drew hukade sig och plockade upp den. En Walther PPK; den såg åtminstone ren och välskött ut, och när han kollade magasinet var det fullt.

"Är ni okej?" Hunter granskade Drew uppifrån och ner och gjorde en min. "Ledsen för viltkameran."

"Inte ditt fel. Bara jävla otur att Gerry såg den. Han har letat efter något på mig."

"Jag är faktiskt förvånad att de inte bara gjorde sig av med dig direkt."

Liane drog in ett skarpt andetag. Drew sträckte instinktivt ut handen och lade den fria handen på hennes arm.

"De hade inget konkret bevis för att jag visste att den fanns. Jag vidhöll att jag inte hade satt dit den, vilket hade fördelen att vara sant, och jag är rätt säker på att de var oense om de skulle tro mig. De slängde in mig i sitt lilla häkte och planerade väl att förhöra mig på riktigt när de kom tillbaka. Jag tänkte inte stanna kvar."

"Båten kommer in nu", rapporterade Liane. "Tror du Ed hann ringa och säga att du höll på att rymma och att han hade problem?"

Alla tre tittade ner på den döde bikern på marken. Hans telefon syntes ingenstans.

"Antingen ja, och då väntar de på oss, eller nej, och då kan vi överraska dem", sa Hunter. "Vilket det än är kan vi inte bara sticka. Inte med tanke på hur många gisslan de nu förmodligen har på den där båten."

De kunde höra båtens motor nu, gasad hårt när den närmade sig bryggan. Drew anade att det var ett dåligt tecken, att Brethren hade bråttom för att Ed faktiskt hade hunnit ringa dem. Han nickade åt Hunter, som nickade tillbaka.

”Jag hittade Sasha Thoms och Emily Darnell. De gömmer sig i träden. Kaleb plockade upp dem och tänkte lägga till dem i trafficking-poolen, men fattade inte att det var ett problem eftersom de kunde identifiera honom. Gerry bestämde att de skulle behållas och förmodligen har de varit här sedan dess.”

Hunters ögon blev stora, men han nickade igen. ”Tja, det förklarar varför de inte var i Manhunters grop, va?”

”Vad är planen?” frågade Liane. De tre hade, genom tyst överenskommelse, rört sig bort från Eds kropp och smugit runt ett av de förfallna husen, på väg för att få fri sikt mot bryggan och båten som just la till där.

”Vi måste få bort dem från båten – och den potentiella gisslan – och hålla dem sysselsatta tills din ATF-insatsstyrka kommer för att hjälpa till med gripandena”, sa Drew.

”Ja, jag skulle kunna prova att ropa *countysheriffen, ni är alla gripna*, men jag misstänker att de inte backar förrän de ställs inför överväldigande eldkraft.” Hunters leende var snett. ”Dessutom har jag inte tillräckligt med handbojor.”

Drew fnös till av skratt, men hejdade sig när han såg Lianes bleka ansikte. Hon skulle inte förstå den sorts svart humor som Rangers ofta tog till under de där sista, spända ögonblicken före strid. ”Vi vet alla att några av dem inte kommer att ge upp under några som helst omständigheter, eller hur?” frågade han henne mjukt.

”Ja.” Käken var spänd, men blicken var stadig när hon mötte hans. ”Oroa dig inte. Jag har tryckt av med en människa i siktet förut, och jag gör det igen när jag måste. Jag tänker definitivt inte fälla en tår för några av de där asen efteråt.”

”Bra där, tjejen.” Hunter nickade skarpt.

"*Murphy*!" Det var ett mörkt, ursinnigt vrål. Bull, tänkte Drew.

"De letar efter honom", sa Liane, snabbt och lågt. "Vi drar bort dem från båten. Hunter, du tar dig ombord och säkrar gisslan. Ta ut båten på vattnet igen, om du kan, så att de inte kan ta sig tillbaka ombord."

"Javisst, chefen." Han smet iväg som ett spöke, försvann in i skuggorna mellan byggnaderna nästan omedelbart.

"Vad i helvete, titta på det där taket!" ropade en annan röst i närheten.

"Det där är tjejernas sida! Fick han ut dem också? Ed! Ed, var i helvete är du?" Ett skrammel av nycklar. De tänkte låsa upp en av dörrarna till det provisoriska fängelset, tänkte Drew, och gestikulerade åt Liane att stanna där hon var, men förflytta sig längs husets sida. Hon nickade tyst, pekade framåt och höll upp tre fingrar innan hon sänkte handen för att greppa sitt vapen, fingret gled in innanför hagelgevärets avtryckarbygel.

Tre framför dem, drog Drew slutsatsen, och önskade att han också hade en öronsnäcka. Det betydde minst fyra andra någon annanstans, och det var under antagandet att inga av de kanadensiska Brethren hade kommit tillbaka med lokalborna. Ett antagande han verkligen inte tänkte göra.

"Jag har ingen bra vinkel", varnade Jessikah i Lianes öra. "Satelliten ligger snett. Jag tappar bort dem mellan byggnaderna."

”Det är okej”, viskade Liane tillbaka. ”Ge mig bara det du kan. De kan inte ha en aning om att du tittar.”

”Bara bli inte skjuten, storasyster.” För första gången kom det spänning in i Jessikahs röst. Liane föreställde sig sin syster sittande vid sitt skrivbord, troligen i en bekväm läderfåtölj, med skärmar som lyste upp rummet omkring henne. ”Jag vill träffa din sexige Ranger.”

Över gränden mellan de två byggnaderna de smög mellan sneglade Liane på Drew. Han var verkligen djävulskt sexig, medgav hon, även tilltufsad med intorkat blod längs hela sidan av huvud och hals. Han rörde sig med dödlig elegans och målmedvetenhet, blicken svepte oavbrutet efter fara både framför och bakom.

”Drew!” Det där var Kalebs röst, trodde Liane. ”Broder, vad pågår? Jag tror dig när du säger att du inte visste om trail-kameran – vi låste in dig bara för att vi var tvungna att sticka till upphämtningen, hade inte tid att prata ordentligt med dig om det!”

”Skitsnack”, formade Drew ljudlöst med läpparna, uttrycket cyniskt när han nådde upp och vidrörde det intorkade blodet runt rispan i skallen. Liane nickade.

”Vi måste hitta de där tjejerna”, sa en annan röst, mörkare och närmare, precis runt hörnet, trodde Liane. ”Om de tar sig till vägen och blir upplockade sitter vi riktigt i skiten. De vet för mycket.”

”Vi hittar dem. De kan inte ha kommit långt. Hojarna står fortfarande här. De gömmer sig förmodligen i byggnaderna.” Det var Gerrys röst, arg och arrogant. Hon hörde kängor knastra mot den grova marken, spände sig och höjde sitt hagelgevär.

”ATF”, sa hon högt och klev runt hörnet, och såg i ögonvrån hur Drew kastade sig över öppningen för att täcka målen från en annan vinkel. "Ni är gripna. Lägg vapnen på marken och händerna på huvudet."

Gerrys mun stod öppen av chock, liksom Cashs, som stod bredvid honom. De stirrade båda på henne med stora, misstroende ögon.

"Du?" flämtade Gerry.

"Jag." Liane log stramt. "Det har varit jag hela tiden, ditt vidriga lilla kryp. Släpp det nu." De hade båda pistoler i händerna, men bara Cash såg halvvägs redo att använda sin, Gerrys hängde från slappa fingrar.

"Och jävla *du*", spottade Gerry åt Drew. "ATF, jag visste att du var en jävla råtta."

"Nä, jag är ingen federal." Drew skakade på huvudet. "Det är hon som bestämmer." Han nickade mot Liane, men hans pistol rörde sig inte en millimeter från målen.

"Då är det hon som måste dö först", sa en ny röst bakom dem, och Liane svor, vände sig runt för att möta det nya hotet. Bull hade på något sätt smugit sig tyst in i grändens bakre del bakom dem, och han avfyrade innan hon hann få upp hagelgeväret, innan han dök tillbaka runt hörnet.

"Ah!"

Även med en ballistisk väst gjorde det helvetiskt ont att bli skjuten. Kulan träffade henne precis under solarplexus, kastade henne bakåt, och hon brakade i marken. Hagelgeväret brann av och hon hann bara hoppas som fan att hon inte hade träffat Drew innan världen grånade i kanterna och hon svimmade till ett ögonblick.

# Kapitel tjugotvå

"Liane!" Drew kastade sig i backen samtidigt som både Cash och Gerry sköt; skotten gick högt, över hans huvud. Han sköt tillbaka, men de sprang redan. Han hörde ett skall, och anade att han hade snuddat vid någon av dem. Snabbt ålade han sig på magen fram till Liane, kom upp på fötter, grep tag under hennes armhålor och drog henne genom ett gapande hål i den vittrande väggen på byggnaden bredvid, och tog det lilla skydd han kunde hitta.

"Aj, fan." Hon vaknade tvärt, stönade och kände över bröstet. "Ja. Jess, jag är okej."

Hon pratade med sin syster, insåg han, när hon pressade sig upp till sittande.

"Jag träffade dig inte, va?" kollade hon.

"Nä, ditt skott gick i princip rakt upp när du föll. Ett litet blyhagel-regn landade på Cash och Gerry, distraherade dem när de försökte skjuta mig, så det gjorde faktiskt nytta."

”Murphy!” Det var Gerrys vrål; Drew grimaserade. Han hade hoppats på några sekunders andrum till.

”Hur långt bort är din insatsstyrka?” frågade han lågt.

”Jess säger sex minuter, och de kommer in hett. Vi måste bara hålla dem sysselsatta och nedtryckta till dess.” Liane hävde sig upp på fötter och laddade en ny patron i hagelbössan med ett smärtsamt ansiktsryck.

”Jag ska gröpa ur ditt andra jävla öga!” Gerry igen.

”Distraktion”, formade Drew med läpparna och pekade mot andra sidan av byggnaden. Han hade sett en minimal rörelse genom springorna i brädorna där. Han pekade på hagelbössan i Lianes händer, mimade att trycka av, och pekade igen mot rörelsen.

Liane nickade. Spände käkarna. Siktade, och sköt.

De sprang båda två, dröjde sig inte kvar när deras position hade röjts av hagelsmällen, och det var rätt beslut eftersom en hagelsvärm av kulor slet genom det trasiga virket precis där de stått. Någon skrek på andra sidan av byggnaden, och Drew delade en grymt nöjd min med Liane. Haglet hade gjort jobbet.

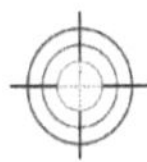

”Fientligt på andra sidan byggnaden”, sa Jessikah skarpt i Lianes öra. ”Ni är på väg att bli omringade. Ta er därifrån!”

”Vi måste dra!” Liane pekade och Drew ifrågasatte inte, bara sprang vid hennes sida när de båda spurtade över det väldiga tomrummet inne i det gamla förrådsskjulet och rakt ut på andra sidan. Där låg någon på marken, stönande och hållande om sitt ben; det var Cash.

Drew stannade till, böjde sig ner och tog Cashs pistol. ”Jag skulle ligga still om jag vore du”, varnade han bikern. ”Det här stället kommer strax att krylla av ATF-agenter.”

”Dra åt helvete”, flämtade Cash, en tunn svettglans i ansiktet.

Liane blinkade när Drew tog sats och sparkade Cash på det skadade benet. Sedan förstod hon, när Drew sa:

”Den där var för bulan i mitt huvud, din idiot.”

Cash skrek, ljust och tunt, och svimmade tydligen av smärtan och sjönk ihop. Drew slösade inte en blick till på honom, utan nickade åt Liane. De sprang, satte kurs mot bryggan, i hopp om att ge Hunter uppbackning och försvara gisslan på båten tills ATF:s insatsstyrka kom fram.

”Din kompis har redan säkrat båten”, sa Jessikah, uppenbart med koll på vart de var på väg. ”Han kastade loss för några sekunder sen. Det ser inte ut som att han har fått igång motorn, men de driver nerför floden och är utom räckhåll om en minut eller två. Gå inte åt det hållet, ni blir fast mot vattnet...”

Liane tvärsvängde vänster och väste Drews namn. De kunde höra rop bakom sig, då och då ett skott när någon chansade, men hon trodde att de hade skakat av sig Brethren tillfälligt i labyrinten runt den gamla kvarnen.

”In i skogen”, sa Drew lågt när de sprang tillsammans och försökte sätta ner fötterna så tyst som möjligt. ”Vi måste försöka hitta Sasha och Emily, hålla dem säkra. De har inte ens skor, de kan inte ha kommit långt.”

”Inga skor?”

”Ärligt talat är jag lite förvånad att Gerry lät dem behålla några kläder alls.”

Liane gjorde en äcklad min och tänkte på alla år av terapi de stackars tjejerna skulle behöva efter det här. Hon tryckte en hand mot bröstet och kände hur andningen gick tungt. Bröstet gjorde fortfarande förbannat ont efter träffen i västen, och hon var säker på att hon skulle ha ett rejält blåmärke när hon tog av den, men jäklar vad glad hon var att Hunter hade en extra i bakluckan på sin bil.

"Är du okej?" kollade Drew tyst, uppenbarligen efter att ha lagt märke till hennes obehag.

"Inte första gången jag blivit träffad i en väst", erkände hon. "Det gör ont, men jag klarar mig."

Nu nådde de trädgränsen och dök in under träden utan att bryta steget.

"Någon riktning alls, Jess?" kollade Liane.

"Jag har inget, gumman. Träden är alldeles för täta. Jag har tappat er också nu. Det bästa jag kan göra är att säga till om någon annan går in i skogen från kvarnområdet. Kanske. Det finns ett par ställen där träden har krypit ända fram till byggnaderna..."

*Vi är ensamma.* Liane förmedlade snabbt informationen till Drew. De båda saktade ner till gångfart, rörde sig så tyst de bara kunde.

"Okej." Han stannade upp, tittade tillbaka mot kvarnen, lutade på huvudet och orienterade sig. "De sprang därifrån." Han pekade mot byggnaden med den skadade takdelen, precis synlig från deras position. "Rakt in i träden där. Om de fortsatte rakt fram... kanske kan vi fånga upp dem om vi går åt det här hållet. När din insatsstyrka kommer och säkrar kvarnen ropar jag på dem."

Liane nickade och följde honom när han smög tyst djupare in bland träden. Hon var inte ett dugg ledsen över att röra sig bort från Brethrens fäste och lämna gänget åt insatsstyrkan, inte med tanke på hur lätt Bull hade skjutit henne.

"Drew!"

De båda stelnade.

*Kaleb*, formade Drew utan ljud, och Liane nickade. De kunde inte se den unge bikern, men hans röst var nära. Någonstans inne i skogen med dem.

"Försök prata ner honom", viskade hon.

Drew nickade och tog ett par försiktiga steg framåt, gestikulerade åt henne att stå kvar. "Är det du, Kaleb?" ropade han, med låg röst.

"Det är jag, bror. Vad händer?" Kaleb lät klagande. Vilsen. "Du kan inte jobba med federala. Jag tror inte på det. Du är Jacobs kusin!"

"Jag är hans kusin", medgav Drew, "och jag vet att han var din vän, Kaleb, men Jacob och jag såg inte alltid saker på samma sätt."

"Du förrådde oss!"

Kaleb var ganska nära, tänkte Liane, strax norr om dem. Hon gav ifrån sig ett svagt ljud och pekade åt det hållet när Drew sneglade på henne. Han nickade. Gjorde en gest med handen åt henne att cirkla runt och försöka komma bakom Kaleb, förmodligen medan han höll ynglingen pratsam. Tyst började hon smyga genom träden och gjorde sitt bästa för att inte låta kvistar knäckas under fötterna.

"Jag är ledsen att du känner så, Kaleb", sa Drew och höjde rösten lite medan han tog ett steg till framåt.

"Jag trodde du var min vän!"

"Och jag trodde att du var en i grunden hyfsad grabb som förts vilse av dåligt sällskap", sa Drew, med en röst som järn.

Liane sneglade tillbaka mot honom och undrade vart han ville komma.

”Tills jag såg hur du tittade på den där lilla kinesiska tjejen.”

*Åh.* Hon ryckte till, men fortsatte, långsamt och smygande, närmare ljudet av Kalebs röst.

”Något är trasigt i dig, Kaleb, för det där är inte rätt. Vi ska inte känna så inför att skada andra människor, att skada *barn.*”

Kaleb lät uppriktigt oförstående när han svarade: ”Vad i helvete pratar du om? Hon är *kines.* Det är inte som att hon spelar någon roll för någon. Det finns nästan två jävla miljarder av de där parasiterna...”

”Håll upp händerna”, befallde Liane, klev runt ett stort träd och tryckte mynningen på sin hagelbössa mot Kalebs ryggrad. ”Och ge mig inte en ursäkt att trycka av, din rasistiska pedofila *avskum.*”

Den unge bikern frös till, händerna höjdes långsamt. Han hade så klart en pistol, och hon nådde upp för att avväpna honom – varpå han rörde sig snabbare än hon väntat, vred sig runt och sparkade ut, siktade mot hennes ben. Träffen satt bra och Lianes knä vek sig. Hon kröp bakåt, instinktivt för att skapa avstånd, inte redo att skjuta Kaleb, fingret var inte ens på avtryckaren. Hon hade underskattat honom och såg med fasa hur hans pistolhand kom upp. Även om han träffade henne i västen skulle det på det här avståndet göra förbannat mycket ondare än förra träffen, och ärligt talat misstänkte hon att han tänkte skjuta henne i ansiktet.

Drew var nära nog för att se kampen, inte nära nog för att ingripa – i alla fall inte fysiskt. Det fanns bara ett val han kunde göra, och han hade inte tid att tvivla, att undra om han kunde sätta skottet med bara ett fungerande öga, för om han tvekade skulle Kaleb döda Liane. Han stängde höger öga, siktade och sköt i en enda smidig rörelse.

Liane såg det röda hålet blomma rakt i mitten av Kalebs panna. Såg hur hans ögon blev tomma och livlösa innan han föll som en sten.

"Herregud", viskade hon.

"Liane?" Jessikahs panikslagna röst skrek i hennes öra. "Liane! Det där skottet var alldeles för nära, vad händer?"

"Drew sköt Kaleb", sa hon, med platt chock i rösten. Öronen ringde fortfarande och hon kunde knappt höra sin syster.

"Er insatsstyrka har kommit, och Brethren springer mot skogen. Ni kan snart få sällskap. Jag kan inte hjälpa." Jessikah lät stressad. "Jag ser inte var ni är, eller var de är, men de har hört skottet. Var beredda!"

"På ingång", sa Liane kort till Drew, som stod och tittade ner på Kalebs kropp med en ångerfull min. "Insatsstyrkan är vid kvarnen och Brethren är på rymmen."

"Kaleb!" vrålade en röst nära. "Kaleb, var är du?"

"Bull", sa Drew med en grimas. "Det blir inte vackert om han hittar oss stående över hans brorsons kropp."

Med tyst, ömsesidig överenskommelse vände de båda och sprang.

”Vi måste tillbaka till kvarnen”, väste Liane medan de skyndade genom skogen. ”Insatsstyrkan är där. Det är säkrast nu.”

Till hennes fasa skakade Drew på huvudet. ”Inte medan Emily och Sasha fortfarande är här ute. Vi måste hitta dem först, annars är de så gott som döda.”

”Åh *helvete*.” Hon gillade det verkligen inte, men han hade fullständigt rätt. Emily och Sasha skulle sätta varenda medlem av Brethren bakom lås och bom på livstid, om de överlevde för att vittna.

Bakom dem steg ett ordlöst vrål av raseri och sorg; Bull hade hittat Kalebs kropp. Sedan började en skur av kulor plötsligt slita genom träden. Bull hade tagit med något tyngre till festen, en AR-15 eller liknande, att döma av ljudet.

”Ner!” Drew grep Liane om armen och drog ner henne på marken när kulorna svepte över deras huvuden. Bull sköt blint, galen av raseri, tömde magasinet i sin automatkarbin utan att bry sig var skotten tog vägen.

”Du är träffad!” Hon såg blodet på hans ärm. Drew stirrade oförstående, drog undan tyget och blottade en blodig reva på överarmen. Det såg ut som att kulan snuddat vid bicepsen.

”Det är lugnt. Fortsätt röra dig.”

Smattret tystnade. Magasinet tomt, gissade Liane, vilket betydde att Bull skulle behöva pausa och byta. Om han ens bar på ett extra. Det borde han väl, tänkte hon. Men med hans blinda raseri kanske inte. Kanske hade han inte tänkt på att spara ammunition.

”Vi måste tillbaka. Försöka gripa honom”, viskade hon.

”Är du från vettet? Nej! Han har avslöjat sin position för insatsstyrkan”, snäste Jessikah i hennes öra.

"Nej", sa Drew samtidigt. "Han är inte rationell. Om han ser någon av oss försöker han döda oss. Låt din insatsstyrka ta honom."

Ett skrik inte långt bort avgjorde saken ändå; det var en kvinnas skrik, och Liane betvivlade starkt att några andra kvinnor sprang omkring i den här skogen förutom Emily och Sasha. Hon hävde sig upp, grymtade av smärta när blåmärket på bröstet gjorde sig påmint igen, och började springa, Drew vid hennes sida.

"Släpp henne!" ropade en annan röst, och de kastade sig ut på en glänta och såg Gerry släpa ut Emily ur en buskklase där hon uppenbarligen gömt sig, medan Sasha försökte slå honom med en trädgren.

"Du hörde Sasha. Släpp Emily", beordrade Drew, och Gerry vände sig mot honom med ett morrande.

# KAPITEL TJUGOTRE

"DIN FÖRRÄDISKA SKITSTÖVEL", SPOTTADE Gerry åt Drew, samtidigt som han snabbt drog Emily framför sig för att använda henne som sköld, pistolen borrad in i hennes revben. Flickan grät hopplösa, desperata tårar, och ljudet rev i Drews hjärta. Han hade inget läge, och han kunde inte riskera det även om han hade haft det, inte med den där pistolen mot Emilys sida.

Liane hade sänkt sin hagelbössa och drog nu sin rosa Glock, höll den stadigt och följde Gerry när han drog Emily bakåt mot träden. Sasha släppte sin trägren, ropade desperat på sin väns namn medan hon hjälplöst såg på.

"Släpp henne", sa Drew, med lugn, saklig röst. "Du har gjort nog med den där stackars tjejen. Släpp henne, upp med händerna, så får du leva och reta gallfeber på domaren när du försöker hävda att någon jävla 'sovereign citizen'-skit gör dig immun mot rättvisan."

"Dra åt helvete", morrade Gerry.

"Om du mördar henne framför mig, en federal agent, så gör jag det till min personliga mission att se till att du lider resten av dina dagar i Florence Supermax tills de tar dig till Terre Haute för att avsluta din miserabla existens." Lianes röst var iskallt stadig när hon stirrade ner Gerry. "Lägg ner vapnet och *släpp henne.*"

"Jag dödar henne och jag dödar er båda också!" skrek Gerry.

"Du är förblindad. Tryck av, så blåser jag skallen av dig innan du hinner trycka en andra gång. Du måste bestämma dig, Gerry, för du får bara ett skott. Vem ska det bli?"

*Helvete, hon var smart*, tänkte Drew, medan han såg Liane håna Gerry. För Gerry skulle vilja ha antingen honom eller Liane död långt mycket mer än han ville döda Emily, och i samma sekund som han tog pistolen från Emilys sida skulle Liane ta sitt skott. Drew såg hennes finger på avtryckaren, bara väntande på rätt ögonblick.

"Ja, Gerry." Drew fyllde i, med sina egna gliringar. "Du är körd och det vet du. Du kan bara ta en av oss."

Liane gav honom en mördande blick i en bråkdels sekund. Han förstod varför – hon bar väst och det gjorde inte han. Om Gerry skulle skjuta mot någon, ville hon att det skulle vara henne. Men hon hade redan blivit träffad i den där västen, dess struktur var troligen skadad... och Drew visste också att Gerry var ganska bra på att skjuta. Han kunde mycket väl sikta mot huvudet.

Och tanken på att Liane skulle bli skjuten i huvudet var något Drew inte kunde leva med, så han tog ett steg mot Gerry.

"Kaleb är död", hånade han. "Jag sköt honom i huvudet. Bull sitter och gråter ögonen ur sig över pojkens kropp."

"Din jävla skitstövel." Äkta smärta syntes i Gerrys ansikte. "Kaleb trodde på dig."

”Kaleb var en våldtäktsman och pedofil som hjälpte er att döda och tortera Gud vet hur många oskyldiga kvinnor och barn.” Drews röst var iskall. ”Jag hade hellre sett att han levde för att ställas inför rätta, men jag ångrar inte skottet.”

”Alla fryser”, dundrade plötsligt en förstärkt röst genom träden. ”Federala agenter! Lägg ner vapnen och händerna i luften!”

Gerry såg sig vilt omkring, och Drew såg att han var på väg att göra något dumdristigt. Emily verkade nästan katatonisk i hans grepp, slapp. Gerry fick ta i ordentligt för att hålla henne upprätt och användbar som sin mänskliga sköld.

”Kom igen, Gerry”, hetsade Drew, och tog ytterligare ett steg närmare, noga med att inte gå in i Lianes siktlinje. Varje steg han tvingade Gerry att backa öppnade vinkeln mer, gav henne ett bättre skott utan att riskera Emily. Han behövde bara få Gerry att ta pistolen från Emilys revben. ”Ska du gå ner med ett ynkligt pip, eller ut i en eldstorm?”

Liane skulle mörda honom, om inte Gerry gjorde det. Allt Drew behövde göra var att vänta några minuter så skulle ett dussin eller fler från ATF:s insatsstyrka omringa dem. Gerry skulle inse hur hopplös hans situation var och ge upp. Förmodligen.

”Emily”, snyftade Sasha i närheten. Liane flyttade sig för att komma mellan Gerry och Sasha och försökte skärma flickan med sin kropp. Om Gerry sköt Emily, behövde de Sasha vid liv för att berätta sin historia.

"Håll dig tillbaka, Sasha", sa hon. "Vi tar hand om det här. Vi hämtar henne."

Gerry försökte backa längre in bland träden, men höga röster tillkännagav att ATF-agenterna närmade sig, och han såg sig vilt omkring.

"Det är över, Gerry", sa Drew. "Ge upp bara. Släpp Emily."

"Hon är min", snäste Gerry. "Hon följer med mig." Han log groteskt. "Vi har haft så kul, eller hur, prinsessan?" Hans hand grep om Emilys haka, tippade upp hennes ansikte, och han slickade långsamt hennes kind. "Så kul. Du vill väl inte att jag ska lämna dig."

Emilys ögon öppnades, och trots sig själv ville Liane rygga undan, för förtvivlan och skräck i dem var bortom ord.

"Släpp henne!" ropade Drew, och trots att han inte hade någon bra vinkel höjde han pistolen, försökte få in siktet på Gerrys ansikte. Hans arm var översköljd av blod, såg Liane då, och insåg att hans skada måste vara värre än de trott, men han darrade inte det minsta.

"Aldrig", snäste Gerry, och i samma stund tycktes Emily komma tillbaka till livet. Hans grepp om hennes ansikte måste ha slappnat av aningen, och hon vred på huvudet och borrade tänderna i hans hand med all kraft hon hade kvar i sin försvagade kropp.

"Din lilla jävla hora!" Ursinnig ylade Gerry av smärta och försökte instinktivt slita bort Emily från sig. Hon höll sig envist fast, käkarna låsta, även när hon kastades i marken, och Gerry tvingades böja sig ner, för att försöka få loss handen från hennes rasande bett. Hans pistolhand svängde vilt, siktade för ett kort ögonblick mot ingenting alls, och Liane tog sitt skott. Tog två, den dubbelträff hon tränat i oändliga timmar på, det första skottet borrade genom Gerrys vänstra öga och det andra tog en tum lägre.

Han var död innan han slog i marken ovanpå Emilys fallna kropp.

”Skott avlossade!” vrålade någon på nära håll.

”ATF-agent Hagerty!” ropade Liane tillbaka, ”neutraliserade ett hot!”

”Sänk vapnet!” skrek en röst, och hon vände sig om och såg en svartklädd agent sikta sitt automatvapen mot Drew.

”Han är med mig!” ropade hon, tryckte snabbt ner sin Glock i hölstret och höll upp händerna bort från hagelbössan. Drew gjorde det smarta, lät pistolen hänga från fingret i varbygeln innan han långsamt böjde sig ner och lade den på marken.

Sasha hade sprungit till Emily och försökte dra ut henne underifrån Gerrys kropp medan Emily skakade och snyftade i chock.

”Terrence?” sa Liane, ganska säker på att det var den ledande agenten hon kände, och den svartklädde nickade och drog ner den svarta masken som täckte mun och näsa. ”Har ni Bull i förvar?”

”Gängledaren? Japp. Hittade honom där borta gråtandes över en annan kropp.” Terrence ryckte på huvudet. ”Också ert verk?”

”Nej, Drew sköt Kaleb. Räddade livet på mig.”

”Kan jag hjälpa dem?” Drew nickade mot Emily och Sasha och Terrence nickade igen och sänkte vapnet.

Liane gick också för att hjälpa till och drog av Gerry från Emily utan större omsorg, trots att hon visste att brottsplatsutredarna skulle bli vansinniga. Emily var viktigare nu i alla fall, och Terrence bar kroppskamera, så det var inte som att det som hänt skulle vara svårt att fastställa. Hon skulle drunkna i papper i en vecka eller två, som alltid när en agent tvingats skjuta någon i tjänsten, men alla skulle vara överens om att Gerry hade förtjänat det.

"Hämta en sjukvårdare", sa hon till Terrence, "Drew är skadad. Och Emily och Sasha behöver *all* vård som finns." *Och all terapi*, tänkte hon men sa det inte högt, medan hon såg de två flickorna gråtande i varandras armar.

"Jag mår bra", sa Drew, men han svajade lite när han rätade på sig, och hon såg ännu en fors av blod rinna nerför hans arm.

"Det gör du verkligen inte!" Hon tog tag i hans axel och pressade ner honom att sätta sig på marken. "Sätt dig innan du svimmar. Vi måste stoppa blödningen."

Terrence räckte över ett fältskadeförband från fickorna i sin stridsväst och en taktisk öronsnäcka åt Liane att lyssna med, och stod över dem medan rapporter kom in om att resten av gänget togs in och att Jason Hunter förde in båten till bryggan, med mer än trettio kvinnor och barn ombord som satt tyst hopkrupna och väntade på sitt öde. Liane visste inte vad som skulle hända med dem nu, men hon visste att det skulle bli en bättre framtid än vad Brethren hade planerat. Särskilt för den lilla flickan som Kaleb hade pekat ut. Liane hoppades att hon aldrig skulle förstå det mörka öde som väntat henne i Brethrens händer.

Liane satt på marken med Drews huvud i knät, händerna hårt pressade mot förbandet på hans arm för att hålla trycket mot såret. När hon såg Emily och Sasha klamra sig fast vid varandra och gråta tyst, insåg hon att hon aldrig hade känt sig så outsägligt utmattad i hela sitt liv. Det var en enorm ansträngning att hålla ögonen öppna.

”Agent Hagerty”, sa Terrence, men hans röst verkade komma väldigt långt bortifrån. Liane blinkade dimmigt upp mot honom. ”Är du okej?”

”Jag är trött”, sa hon. ”Bara. Så trött.”

”Det är över”, sa Drew tyst, hans oskadade arm rörde sig, handen kom upp och kupade hennes kind. ”Allt är över, Liane. Du kan vila nu. Jobbet är klart.”

Jobbet var långt ifrån klart, det visste hon. Bara pappersarbetet skulle sluka veckor av hennes liv, för att inte tala om debriefingarna, kurserna hon förmodligen skulle bli ombedd att hålla, och rättegångarna hon skulle kallas till för att vittna om någon av de överlevande i Brethren var dum nog att inte ta de förlikningar de erbjöds. Ändå slöt hon ögonen och lutade sig in i Drews beröring, och njöt av den så länge de fick.

Det visade sig inte bli länge, eftersom fler ATF-agenter började anlända, en av dem utrustad med betydligt mer sjukvårdsmateriel än Terrence, och hon hörde det avlägsna tjutet från en siren när en ambulans närmade sig också.

”Liane.” Någon hukade sig framför henne, och hon blinkade för att få Jason Hunter i fokus. ”Du kan släppa nu.” Han lade en stark hand över hennes. ”Låt sjukvårdarna ta honom.”

”Lyssna på honom, Liane”, sa Jessikah i hennes öronsnäcka. Hon hade varit tyst en bra stund, och Liane visste varför; det skulle bli nog knepigt att förklara för hennes chefer i efterhand att Jessikah i princip hade lett dagens insats hela tiden, samtidigt som hon med stor sannolikhet hackat sig in på en satellitlänk hon inte hade något att göra i. Liane såg inte fram emot det samtalet.

”Du kommer att bli okej”, sa Liane lugnande till Drew, som tittade upp på henne med ett allt annat än lugnat uttryck i ansiktet.

”Jag vet att jag blir det, det här är bara en skråma. Jag är orolig för dig. Följ med Hunter, okej? Låt honom ta hand om dig.”

”Okej”, sa hon matt, och släppte till sist förbandet och lät Hunter lyfta bort hennes hand. Inom några ögonblick lastade sjukvårdarna upp Drew på en bår, tejpade fast ett tjockare förband över såret och skyndade iväg med honom.

Emily och Sasha fördes också bort, ledsagade av två kvinnliga ATF-agenter och en kvinnlig sjukvårdare som talade med låga, milda röster och inte försökte skilja dem åt ens för en sekund. Det skulle komma senare, möjligen långt senare. Liane undrade vagt vem som skulle kontakta deras familjer, tala om att deras försvunna döttrar hade hittats. Förklara prövningen de genomgått. Kanske Hunter; det var ju hans jurisdiktion. Kanske FBI.

”Vi vet fortfarande inte vem mullvaden är”, insåg hon högt.

”Lämna det till mig”, sa Jessikah i hennes öra. ”Jag har några idéer om var jag ska leta. Väntar bara på att någon ska logga in Bulls telefon i bevis och börja skrapa data från den. Någon inom ATF, kanske. Som skulle kunna ge mig åtkomst.”

”Jag kanske känner någon sån”, sa Liane, och hittade ett leende. Hunter såg konstigt på henne; hon knackade på öronsnäckan och han nickade, med blicken mot Terrence och de andra agenterna som nu omgav dem.

”Vi tar dig härifrån”, sa Hunter och tog henne under armen för att hjälpa henne upp. ”Vi tar dig någonstans tryggt där du kan få sova ut.”

”Sova”, sa Liane drömskt, ”jag har inte sovit gott på... någonsin.”

”Dags att ta igen det, då.”

”Hon följer med oss.” Terrence tog i hennes andra arm. ”Det står ett plan i beredskap för att ta henne tillbaka till DC.”

”Hon sover stående!” fräste Hunter tillbaka. ”Kvinnan har slitit hund och levt ett dubbelliv i över ett år för er. Till och med i Rangers gav vi folk ledigt innan vi skickade dem tillbaka i elden! Låt henne åtminstone få en förbannat god natts sömn.”

Terrence hejdade sig och verkade för första gången verkligen se på henne. ”Det är nog inte säkert för henne någonstans i Idaho på ett tag”, sa han beklagande. ”Inte förrän vi har rensat upp resten av Brethrens medlemmar och allierade... som hon allihop har identifierat åt oss. Hon kan sova på planet, men jag lovar, jag ska se till att hon får vila innan hon går tillbaka in på kontoret.”

”Gör det.” Hunter släppte till slut hennes arm. ”Annars får du svara inför Drew, och han är mycket läskigare än jag när han är arg.”

Drew är inte det minsta läskig, ville Liane säga, men hon var ärligt talat för trött för att ens pressa fram ord. Hon lät sig bara luta mot Terrences arm och stapplade ut ur skogen, utan att längre bry sig om att behöva verka stark. Hon hade gjort nog. Hon hade gjort jobbet hon kommit hit för att göra, med Drews hjälp, och hon var mer än nöjd med att lämna efterspelet till juristerna att reda ut.

”Tack för hjälpen”, sa hon till Hunter när hon passerade honom, och hörde hans skratt.

”Tack *själv*, Agent Hagerty. För allt.”

# KAPITEL TJUGOFYRA

## TVÅ MÅNADER SENARE

"TACK, AGENT HAGERTY", SA direktören och nickade åt henne när hon tog plats. "Det där var en mycket heltäckande rapport." Han såg sig omkring vid bordet, på de andra höga tjänstemännen i myndigheten som satt där. "Har någon några frågor?"

"Varför har vi inte hört från Drew Murphy?" frågade en av biträdande direktörerna.

"Han är inte anställd av oss, och han avböjde vår begäran att delta i den här genomgången." Direktören ryckte på axlarna. "Med tanke på rapporterna som sheriffkontoret i Woodvale County vänligen delade med sig av, tror jag att vi har all information vi ändå hade kunnat få av hans närvaro. Nå, om ingen annan har fler frågor, är det dags att vi gratulerar Agent Hagerty till ett väl utfört arbete. Myndigheten fick mycket positiv press, FBI och gränsstyrkan står i tacksamhetsskuld till oss för att vi slagit ut en betydande människohandelsverksamhet, och det finns en tacksam senator i Idaho som är väldigt glad över att hans systerdotter är hemma. En mycket lyckad operation på alla sätt."

Han hade inte nämnt mullvaden, tänkte Liane, men det var ju lite pinsamt att behöva erkänna att en civilist till slut hade avslöjat Brethrens källa... som visade sig inte vara en DEA- eller FBI-agent trots allt, utan en kongressledamot i ett utskott för inhemsk underrättelsetjänst. Mannens hustru var Bulls adoptivdotter från en tidigare relation. Hon fungerade i praktiken som sin makes privata sekreterare och hade tillgång till underrättelser han inte ens bryddes sig om att läsa. Det var förstås Jessikah som hade hittat kopplingen; Bulls telefon hade visat sig vara en återvändsgränd, men Jessikah fortsatte gräva, fast besluten att hitta mullvaden, och till slut lade hon ihop pusslet och fann sitt mål. Liane hade insisterat på att vara med vid gripandet.

"Avslutningsvis, förstås", fortsatte direktören och avbröt hennes dagdröm när han vände sig tillbaka mot henne, "är frågan om din nästa placering."

"Nej", sa Liane.

"Ursäkta?" Han höjde ögonbrynen, road. "Du är vår stjärna just nu, Agent. Du kan välja post själv. Vad du vill. Fast," Han lät blicken glida över hennes hår, som för tillfället var färgat rosa med lila toppar. "du kan behöva justera din look lite om du vill klättra i graderna. Du har det som krävs för att kanske sitta i min stol en dag, om du är beredd att göra jobbet."

"Jag är ledsen", sa hon till honom, "men jag är klar."

"Klar?"

Alla runt bordet såg misstroget på henne.

"Min uppsägning." Hon drog upp ett kuvert ur innerfickan på kavajen och lade det på bordet.

"Men... vart ska du ta vägen?"

"Funderar fortfarande på det. Kanske Kalifornien. Min syster bor där." Och Jessikah hade bedrivit en målmedveten kampanj för att Liane skulle börja på hennes firma, och hävdat att hon både skulle trivas bättre och få betydligt bättre betalt. Hon höll fortfarande på att bestämma sig, men oavsett om hon tog erbjudandet eller inte ville hon tillbringa tid med sin syster. Lära känna henne igen. Och hon skulle leta upp Drew också, ta reda på vad han gjorde nu. Det sved att han inte hade accepterat begäran att komma till DC för det här mötet. Hon antog att han förmodligen gled rakt in i ett jobb som vanlig deputy hos Jason Hunters sheriffkontor när Brethren och deras allierade väl hade plockats in, men hon hade trott att han skulle höra av sig.

Kanske hade deras relation bara varit en flört född ur desperation, av att vara de enda två som visste vad deras uppdrag var. Den enda andra person som var möjlig att lita på.

*Kanske har Drew redan gått vidare. Hittat någon att slå sig till ro med.*

*Jag plågar mig själv. Sluta.*

"Storasyster!" Jessikah flög upp ur sin mjuka läderfåtölj framför en veritabel vägg av skärmar – precis som Liane hade föreställt sig henne – och kom fram med armarna utsträckta för att svepa in Liane i en entusiastisk kram. "Du tog dig hit!"

”Tja, du skickade ju en förstaklassbiljett och till och med en chaufför som hämtade mig på flygplatsen”, konstaterade Liane torrt och lät blicken nyfiket vandra runt på kontoret. ”Fast jag medger, eftersom jag kom på kvällen trodde jag att han skulle köra mig hem till dig och inte till jobbet.”

Kontorshuset var så anonymt intetsägande som det bara går, mitt i en stor företagspark i Anaheim, omgivet av liknande byggnader. Den enda tydliga skillnaden Liane hade noterat var att den här byggnaden saknade all yttre skyltning. Och inre, för den delen. Inte en enda sak som talade om för en förbipasserande – eller en lite mindre tillfällig snokare – vilken verksamhet som fanns där.

Hennes eskort från flygplatsen, en fårad äldre man som knappt yttrat ett ord under hela resan, hade dragit ett passerkort genom ett halvdussin allvarliga säkerhetsdörrar för att släppa in dem här. Den stora mängden kameror, diskret monterade i varje korridor och ovanför varje dörr, lät Liane förstå att de tog säkerheten på största allvar... vilket var varför det kändes märkligt att ingen hade ifrågasatt henne överhuvudtaget.

”Vad exakt är din roll här? Och för full transparens, vad exakt är *här*?” frågade hon nyfiket när Jessikah till slut släppte henne ur kramen och visade henne till en stol.

Jess log gåtfullt. ”Låt oss säga att jag är mer senior än man kanske väntar sig av någon i min ålder.”

”Och själva verksamheten? Du har varit extremt vag om den.” Liane lutade sig tillbaka i stolen och studerade sin syster. Jessikah såg bra ut; hon hade alltid varit en söt tjej, lång och smal som alla tre systrarna, med skarpt mejslade kindben, långt mörkt hår uppsatt i en fläta som låg över ena axeln och mörkblå ögon som alltid tycktes glittra av munterhet. Som om Jess bar på hemligheter hon inte tänkte avslöja. En hoodie med en animefigur på bröstet och avklippta, fransiga jeansshorts fick henne knappast att se ut som den högsta chefen hon antydde att hon var, men Liane visste bättre än att döma någon efter kläderna.

"Vi är ett privat säkerhetsföretag", gav Jessikah samma förklaring som när hon berättade att hon skulle lämna NSA. "Vi tar på oss en hel del uppdrag som staten inte vill ha fingrarna direkt i, och vi sköter också affärer åt en hel del personer med mycket höga förmögenheter."

"Affärer?" Liane gjorde citattecken i luften med fingrarna. "Typ personskydd? Låter lite trist."

"Vi gör en del sånt, visst." Jessikahs leende var roat. "Ibland har de ganska komplexa problem. Vi löser dem. Tyst och utanför medias blickfång. Det är rätt varierat. Ärligt talat kan du göra vad du vill. Vara barnvakt åt en A-list-kändis eller utreda en kidnappningskomplott mot en miljardärs bror. Äkthetsgranska konst värd mångmiljonbelopp eller spåra en liga som säljer stulna luftvärnsrobotar."

Liane kände hur ögonen vidgades. Kände hur kroppen lutade framåt. Hon avslöjade sitt intresse, det visste hon. "Luftvärnsrobotar? Det måste väl vara ett jobb för USA:s militär?"

"Det kan det vara. Om det vore amerikanska robotar." Jessikahs leende blev segervisst. "Det är det inte. Men de kan vara på väg att föras in för att användas mot mål i USA. Det är en känslig situation... och jag tänkte att din expertis kunde vara till nytta."

"Du erbjuder mig ett jobb." Hon hade väntat sig det, men ville höra Jessikah säga det rakt ut.

"Det gör jag. Betydligt bättre betalt än tidigare. Bonusar. Semester, förstklassig sjukförsäkring. Företaget fixar till och med en lägenhet om du vill." Jessikah viftade med handen, som för att säga att det där inte var det viktiga. Hon kände sin syster väl. Liane tyckte inte att sånt var viktigt. Hon ville veta mer om luftvärnsrobotarna.

"När kan jag börja?" frågade hon, och Jessikah skrattade.

"På studs, om du vill. Välkommen till Hestia Global Security, syrran." Hon lutade sig fram och räckte fram handen.

"Hestia?" undrade Liane. "Hon... härdens gudinna?"

"Hålla hemmets eldar brinnande", sa Jessikah kryptiskt och skrattade igen. "Åh. Vill du träffa din nya partner?" Hon vände sig om och tryckte på en tangent på ett av tangentborden på skrivbordet, uppenbarligen en signal någon annanstans i byggnaden, för några ögonblick senare öppnades kontorsdörren och en man klev in.

Liane var halvvägs in i en protest om att hon aldrig hade arbetat med en partner och inte behövde någon nu, när orden dog på hennes läppar. Hon stirrade misstroget.

*"Drew?"*

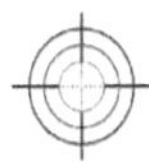

"Överraskning." Han lutade sig mot dörrkarmen och log mot henne. Hon hade lagt på sig lite, antagligen för att hon inte längre slet ut sig med att både sköta vägkrogen och spionera på Brethren, och det klädde henne. Hennes pixiefrisyr hade vuxit ut lite, lockar dansade runt hårfästet, nu i en fascinerande turkosblå nyans med svarta toppar. "Det visar sig att din syster är väldigt övertygande."

Han hade tillbringat ett par nätter i en sjukhussäng efter uppgörelsen med Brethren när en kula snuddade vid honom. Det var hjärnskakningen han fått när Cash slog till honom i huvudet med en fyrtumfyra som oroade läkarna, särskilt eftersom han inte hade någon som kunde hålla koll på honom hemma... och hans stuga hade mystiskt nog brunnit ner medan han ändå låg på sjukhus, hade Hunter tittat in och berättat. Även om Hunter hade sagt att det skulle finnas ett jobb åt honom på sheriffkontoret, visste båda att han skulle ha en måltavla på ryggen om han stannade i Idaho. Alltför många hade intressen i Brethrens affärer och var inte direkt glada över att de inte längre var i gång.

Så när han gick ut från sjukhuset efter att ha skrivit ut sig själv, stannade vid trottoarkanten och undrade vart i helvete han skulle ta vägen härnäst, och en lång, vacker ung kvinna med påtagligt bekanta drag öppnade bildörren och vinkade åt honom att hoppa in, blev han tillräckligt nyfiken för att gå fram och låta henne säga sitt.

Han flög tillbaka till Kalifornien med Jessikah samma dag.

"Ni måste förstås inte paras ihop", sa Jessikah när tystnaden drog ut så att det blev lite pinsamt. "Men jag tänkte... eftersom ni redan har jobbat bra ihop..."

Liane skakade av sig sin tillfälliga förlamning, flög upp ur stolen och for i princip tvärs över rummet för att kasta sig över honom. Leende fångade Drew henne och drog henne in i en hård kram.

"Jag lämnar er ifred", sa Jessikah och smet ljudlöst ut ur rummet med ett brett leende när Lianes läppar fann Drews.

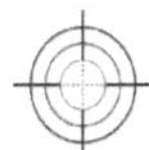

"Jag kan inte fatta att du är här", mumlade Liane en stund senare. Drew hade lett henne från Jessikahs kontor till ett annat rum, någon sorts personalrum, tänkte hon, med en stor och bekväm soffa där de krupit ihop tillsammans för att kela och prata.

"Det visar sig att privata företag inte absolut kräver att deras anställda har två fungerande ögon." Drew ryckte på axlarna. "Och som sagt, din syster är väldigt övertygande. Hon sa att hon försökte rekrytera dig också, men inte var säker på att du skulle lämna ATF."

"Jag kände hur jag trycktes in i en liten mall. Efter så lång tid där jag i princip var min egen chef klarade jag inte det längre. Det här", hon svepte med handen för att indikera den lyxiga men i grunden anonyma kontorsbyggnaden, "jag är inte hundra procent säker på vad det här är, om jag ska vara ärlig, men jag är säker på att jag inte kommer känna mig instängd." Hon följde varsamt linjen av Drews käke med fingertopparna. "Att få jobba med dig blir fantastiskt."

"Vi gjorde det rätt bra ihop, va." Han log och lutade sig in för att kyssa henne igen.

"Jag har faktiskt inte jobbat särskilt mycket med partner tidigare", varnade hon.

”Det har du visst. Vi jobbade tillsammans i månader i Idaho. Du sköt Gerry för att rädda Emily och mig.”

”Och du sköt Kaleb för att rädda mig.” Hon flätade ihop sina fingrar med hans. ”Ångrar du det?”

”Jag ångrar att hans liv slösades bort. Om han hade vuxit upp i en annan familj, hade han kunnat bli något annat än det han blev?” Drew ryckte på axlarna. ”Vem kan säga? Så som han var... nej, det ångrar jag inte. Världen är bättre utan honom, och det är den verkligen utan den där skiten Gerry.”

”Det kan du skriva upp!” Hon lade huvudet mot hans axel och sa tyst: ”Så vi får vadå... välja våra egna uppdrag nu?”

”Något åt det hållet, men jag tror att Jessikah har vissa specifika saker i åtanke som hon tror att vi kan hjälpa till med. Jag har rekognoserat lite och hon är definitivt något på spåren. Vi måste hitta och stoppa de där förbannade robotarna innan de hamnar i fel händer.”

Det var definitivt den typ av uppdrag som får vilken agent som helst att vilja ut i fält igen. Liane kände hur adrenalinet steg bara av att tänka på det. Hon log mot Drew. ”Tror du jag kan börja nästa vecka?”

”Inte i morgon?” retades han.

”Tja, jag hade tänkt tillbringa morgondagen i sängen. Med dig, om du är ledig.”

”Jag kan nog rensa mitt schema.”

Lianes skratt bubblade fram när hon sträckte upp armarna runt Drews nacke. ”Jag har saknat dig”, mumlade hon mot hans läppar. ”Mer än jag någonsin trodde att jag skulle sakna någon.”

”Jag trodde aldrig att jag skulle ha någon som saknade mig”, svarade han mjukt, ”och jag är inte helt säker på hur man gör det här med relationer, men jag älskar dig, Liane. Det vi har kanske inte slutar med vita staket och två komma vad det nu blir för ungar, men vart det än tar vägen... jag är all in."

*All in.* Hon gillade hur det lät. Ännu mer gillade hon att Drew inte insisterade på att definiera deras relation på något särskilt sätt. Partner. Älskare. Vart de än bestämde sig för att ta det... tillsammans.

"All in", viskade hon tillbaka innan hon drog ner hans mun mot sin.

## *SLUT*

Tack för att du läste **Under täckmantel med en Ranger!** Jag hoppas att du gillade Drew och Lianes historia. Nästa bok i serien **Elitstyrkan Rescue Rangers** blir **En Ranger mot världen**, när Lianes frispråkiga, genialiska hackersyster Jessikah ger sig ut på sitt eget undercoveruppdrag... med en före detta Ranger-partner som är fast besluten att hålla henne säker, oavsett vad han måste göra.

Läs vidare för ett gratis smakprov!

# EN RANGER MOT VÄRLDEN - PROVKAPITEL

DEN SKÄRANDE RINGSIGNALEN BARA några centimeter från ansiktet väckte Pascal Montoya ur en djup, utmattad sömn. Utan att öppna ögonen sträckte han ut handen, grep telefonen och förde den till örat.

"Vad?" morrade han.

"Operation Spinifex är aktiv", sa en lugn kvinnlig röst i andra änden. "Biträdande direktör Spires kräver att du kommer till hennes kontor omedelbart."

Pascal slog upp ögonen redan efter de två första orden. "Jag är där om en halvtimme. Jag är hemma", muttrade han och tryckte sig upp till sittande.

"Biträdande direktören har skickat en bil till dig."

"Självklart har hon det." Han avslutade samtalet och kastade telefonen på madrassen, gnuggade ögonen och gäspade innan han reste sig, långsammare än han hade velat.

"Medelåldern hinner ikapp mig", mumlade han på väg mot badrummet. "Eller så handlar det bara om att jag fick två timmars sömn."

Trettio minuter senare klev han ändå ur bilen vid Langley, drog sitt passerkort vid den första av flera dörrar och gick mot sin chefs kontor. Biträdande operationsdirektören Amanda Spires satt vid sitt skrivbord, oklanderligt klädd i en midnattsblå sidenkostym med kjol, full makeup trots att klockan var nästan tre på morgonen.

"Skönt att du kunde ansluta, Montoya", mumlade Spires utan att se upp från skärmen framför sig. "Jag är strax klar."

Han satte sig att vänta, lutade sig tillbaka i den sköna kontorsstolen och såg sig omkring. Trots sin höga rang inom byrån hade Spires inte något flott hörnkontor med utsikt över gräsmattorna, utan en fönsterlös kub djupt inne i byggnaden. Ett kontor med öppna dörrar för de agenter hon skickade ut i fält för att göra grovjobbet åt staten.

"Tack för att du väntade." Spires plockade ur en öronsnäcka och släppte ner den i skrivbordslådan. "Förlåt att jag drog hit dig mitt i natten, särskilt som du precis kom hem från Durban, men det kan inte vänta."

"Din assistent sa att Spinifex är aktiv?"

"Korrekt." Spires log spänt. "Vi har följt snacket i månader och verifierat uppgifterna. Så gott det går. Fortuna har verkligen en portföljladdning med kärnvapen... och han förbereder sig för att sälja den till högstbjudande."

Pascal stramade också till i munnen. Han hade jagat en ingång till den svårfångade vapenhandlaren som kallades Baz Fortuna i åratal, inte bara månader. Ända sedan CIA satte upp hans täckidentitet som mäklare själv.

”När går auktionen av stapeln? På darknet, antar jag?”

”Ja och nej. Han auktionerar ut platser vid budbordet på Dark Web, men själva auktionen kommer att ske på en plats som ännu inte avslöjats.”

”Ni måste få in mig.”

”Lär inte mormor suga ägg, Montoya.” DDO:n log snett. ”Vi fick nys om det lite sent. Det finns en plats kvar... och auktionen stänger om tio minuter. Följ med.” Hon reste sig och vinkade att han skulle följa efter.

De gick mot ett av de närliggande operationsrummen, en högteknologisk enklav som var full även vid den här tiden på natten, där tekniker arbetade vid arbetsstationer med flera skärmar och hanterade operationer i realtid över hela världen. Spires ledde honom till en av sina favorittekniker, som tittade upp på dem över blåtonade halvmåneglas och nickade.

”Montoya. Ma'am.”

”Hur går budgivningen?” frågade Spires.

”Den stiger.” Teknikern nickade mot en av sina skärmar. ”Eller åtminstone tror Fortuna det. Jag har låst ute alla andra. Jag toppar på 228 000, vilket är 40 000 högre än något av de vinnande buden hittills. Högt nog för att verka legit; inte så högt att vi ser desperata ut.”

”Bra jobbat, Andy.” Spires knackade honom på axeln. ”Jag tog in Montoya ifall han snabbt måste verifiera sin identitet för Fortuna.”

”Möjligen, frun. Jag kom åt informationen om hur mycket de andra auktionerna stängde på, men jag kan inte se någon privat kommunikation som skedde mellan Fortuna och de andra köparna efteråt.”

”Vet vi vilka de är?”

"Jobbar på det." Andy ryckte med huvudet mot en annan skärm till höger, där kodrader rullade för fort för att ögat skulle hänga med. "Jag är ganska säker på att en av dem är nordkoreansk."

"De har egna kärnvapen", påpekade Pascal.

"Otestade, och definitivt inte manburna. Enorma, klumpiga saker som du måste avfyra med en ICBM för att använda", sa Spires distraherat. "Vilket är aningen uppenbart. De skulle betala mycket för en liten enhet de kan baklängeskonstruera, och de är inte de enda."

"De skulle inte använda den?"

"Osannolikt. Men de är inte de enda potentiella köparna. Det finns terrorgrupper med väldigt djupa fickor, som du mycket väl vet. Skurkstater. Vapenhandlare som kan agera mellanmän, i hopp om att sälja vidare och ta en cut."

En timer under dollarbeloppet på Andys skärm räknade ner, och Pascal råkade titta just när skärmen plötsligt blippade till, blev svart i ett par sekunder och kom tillbaka igen.

"Timern blev just fel." Han pekade.

"Sa du vad?" Andy vred sig från kodskärmen för att titta.

"Skärmen blippade av i ett par sekunder, men timern tappade trettio sekunder." Pascal pekade. "Jag vet vad jag såg", sa han när Andy vände huvudet och gav honom en tvivlande blick.

"Det spelar ingen roll ändå. Det där är mitt bud. Och det sista går in nu", konstaterade Andy medan timern räknade ner till femton sekunder och dollarbeloppet ändrades. "Och... där satt den." Timern blinkade 0:00:00 och Andy höjde handen, uppenbart inställd på en high-five. "Vi vann!"

”Andy!” Spires pekade på skärmen, där dollarbeloppet just hade ändrats igen och hoppat upp ytterligare tjugo tusen dollar. ”Vad i helvete är det där?”

”Skitsamma!” Andy kastade sig över tangentbordet och började skriva frenetiskt. ”Fan, fan, fan...”

”Vi har blivit överbjudna. Eller hur?” sa Pascal efter ett par minuter medan Andy skrev och svor.

”Herregud”, muttrade Spires och lade handen mot pannan. ”Det här är en jävla katastrof. Vem?”

”Jag tar reda på det. Jag svär... ge mig bara några minuter, ma'am...”

”Mitt kontor.” Spires nickade åt Pascal, och han följde henne under tystnad, som bedövad.

”Vi måste in på den där auktionen. Vi vet inte ens var den äger rum.” Spires kunde uppenbarligen inte stå still, hon gick av och an i sitt kontor. ”Vi har försökt allt för att fånga upp Fortuna och den där förbannade bomben och har inte kommit någon vart. Jag förstår inte vad som hände...”

”Det verkar ganska uppenbart.” Pascal satte sig och korsade armarna. ”Någon är en bättre hacker än Andy.”

”En bättre hacker, med bättre datorresurser och pengarna bakom, än vad byrån har?” Spires gav honom en misstroisk blick, stannade sedan i steget, som hejdad. ”Vänta. Fan.”

”Du tänker att det är en annan underrättelsetjänst. Mossad, eller kanske MI6?” gissade Pascal.

”Det måste nästan vara det, eller hur? Ja, Andy?” Spires nickade åt den skamsna teknikern att komma in. ”Det är en annan tjänst, eller hur?”

”Jag önskar nästan att jag kunde säga att det var det, ma'am. Det hade varit mindre pinsamt att bli snuvad på konfekten av en kollega i branschen.”

”Vem då?”

”Ett amerikanskt privat bolag, ma'am. Hestia Global Security.”

Spires stelnade till. Ett uttryck som Pascal inte riktigt kunde tolka for över hennes ansikte.

”Jag har inte hört talas om dem, ma'am. Vill du att jag fortsätter gräva?” frågade Andy, uppenbart angelägen om att gottgöra sitt misstag.

”Nej. Jag tar det härifrån. Du jobbar vidare med att hitta de andra auktionsdeltagarna. Vi måste veta vilka vi har emot oss.” Spires avfärdade honom med en nick och stängde sedan sin kontorsdörr, något Pascal bara sett henne göra vid några få tillfällen under de fem år han arbetat för henne.

”Du vet vilka Hestia är”, konstaterade han.

”Det gör jag.” Spires började gå igen, innan hon till synes fattade ett beslut och nickade skarpt. Hon lyfte luren på skrivbordet och tryckte på en knapp. ”Gör i ordning ett jetplan för avgång”, skar hon av till assistenten som svarade. ”Hoppas du packade en go-bag, Montoya.”

”Alltid”, sa Pascal torrt. ”Vart är det vi ska, exakt?”

”Kalifornien.” Spires visade tänderna i ett parodiskt leende. ”Los Ángeles, för att vara exakt.”

Det var nästan lunch när Pascal och Spires klev ur bilen på parkeringen till en mindre kontorsbyggnad mitt i en intetsägande företagspark i sydvästra Anaheim.

"Är det här stället?" Pascal skuggade ögonen mot den heta Kaliforniensolen och kisade upp mot byggnadens fasad. "Det står inte ens något namn."

"Och på Google Maps står det att det är ett telefoncallcenter." Spires slog igen bildörren och strök över parkeringen med klapprande klackar, portföljen svängande i handen. "Det här är stället."

Biträdande direktören hade varit synnerligen fåordig under resan, och Pascal kände henne tillräckligt väl för att inte pressa henne. En snabb sökning på internet i telefonen hade inte gett någonting: Hestia Global Security verkade inte existera alls. Inte i något företagsregister eller onlinekatalog.

Hur får ett företag kunder när potentiella uppdragsgivare inte ens kan hitta dem?

Det fanns bara ett svar som var rimligt. Hestia behövde inte fler kunder, för de hade redan allt jobb de kunde hantera. Från staten.

Vilket innebar att Hestia antingen var ett utskott av staten själv – något svartfinansierat projekt – eller att de anlitades för uppdrag som staten inte kunde vara inblandad i. Uppdrag som krävde ett visst avstånd till officiell policy.

Med andra ord: sannolik förnekbarhet.

Glasdörrarna gled upp när de närmade sig och avslöjade en liten, till synes obemannad lobby. De enda dörrarna i sikte var ett par hissdörrar i rostfritt stål mitt emot dem.

Det fanns ingen hissknapp.

"Eh. Hur gör vi..." började Pascal, men hissdörrarna öppnades i samma ögonblick och avslöjade en ung kvinna.

Han visste inte riktigt vad han hade väntat sig, men det var inte långt, akvaturkost sjöjungfruhår som föll fritt ner till skulderbladen och en boho-inspirerad lila klänning med små bjällror broderade runt fållen som pinglade vid knäna, samt vita cowboystövlar.

Pascals blick vandrade oförstående från håret till stövlarna och tillbaka igen.

"Biträdande direktör Spires", sa den unga kvinnan leende. "Vilken ära. Och..?" hon kastade en blick på Pascal.

"Agent Pascal Montoya", sa Spires. "Vi är här för att tala med er tekniske direktör."

"Och har ni en bokad tid?" Den blåhåriga kvinnan skrattade, som om hon var med på sin egen vits. "Bara skojar, biträdande direktör. Den här vägen, om ni vill?"

De hade inte mycket val annat än att följa med henne in i hissen. Receptionisten – det var åtminstone vad Pascal antog att hon var – lutade sig mot en liten svart ruta på hissväggen. En nätskanner, insåg han, när en grön ljuslinje svepte snabbt över hennes ansikte innan dörrarna stängdes och hissen började röra sig.

"Hur kallar man hissen?" frågade han. "Jag såg ingen nätskanner på utsidan."

"Smart teknik." Hon höll upp handleden och visade en smartklocka. "Den här släpper in dig... men du behöver nätskanningen för att komma längre."

Hissen stannade och dörrarna gled upp igen och spottade ut dem i en neutral korridor med dörrar på båda sidor. Längre bort stod två män utanför ett rum och pratade kort; de tittade ditåt, såg gruppen som klev ur hissen och gick genast in i rummet och stängde dörren bakom sig.

"Honom känner jag igen", andades Pascal och letade i minnet. Han hade sett den längre av de två männen förut, och det tog bara några sekunder innan svaret kom till honom. "Det där var Drew Murphy. Vad skulle ett techsäkerhetsföretag vilja med honom?"

Han talade mycket tyst, och receptionisten, som gick före dem, borde inte kunna höra. Spires lutade sig närmare.

"Vem är han?" viskade hon.

"En elitskytt. En av Rangers bästa."

Pascal hade själv varit Ranger innan CIA rekryterade honom. Han hade inte känt Murphy väl, men Pascal glömde aldrig, aldrig ett ansikte. Det var förstås delvis därför han rekryterats; han tillhörde den cirka en procent av befolkningen som var superigenkännare.

"Intressant", hann Spires säga innan receptionisten öppnade en kontorsdörr – utan att knacka, noterade Pascal – och gestikulerade att de skulle gå in.

Kontoret där inne såg mer ut som en mindre version av den tekniska kommandocentralen de lämnat på Langley bara några timmar tidigare än som en enskild arbetsplats, men det fanns bara en kontorsstol i centrum av en hästsko av skrivbord, ett dussin skärmar hängde upphängda ovanför, och flera tangentbord och inmatningsenheter låg på borden.

Kontorsstolen var tom, och han och Spires utbytte en blick när receptionisten stängde dörren och stannade kvar i rummet med dem.

"Ah, den tekniske direktören?" frågade Spires artigt.

"Ja? Åh, jag ber verkligen om ursäkt. Jag presenterade mig inte. Jessikah Hagerty." Hon räckte fram handen till Spires för att skaka.

Pascal visste att hans mun måste ha fallit öppen, och Spires såg minst lika häpen ut.

”Du är teknisk direktör?” utbrast Spires. ”Men du är...”

”För ung? Den får jag höra ofta. Jag är tjugosju. Men jag tog en master i datavetenskap från Berkeley när jag var arton och tillbringade fem år på NSA innan jag blev headhuntad hit.” Jessikah gav ett illmarigt litet leende och satte ena höften mot hörnet av ett av skrivborden. ”Dessutom vet ni att jag är tillräckligt bra. Jag hackade ju ut era tekniker från den där auktionen, eller hur?”

Vill du veta vad som händer sedan? Läs *En Ranger mot världen* nu!

# FLER BÖCKER AV CAITLYN LYNCH

## De Förlorade Australiska

Flickan i bäcken
Flickan på Yachten
Flickan i Herrgården

## Hästryttarna på Ridgewater

Lita på resan
Bryta barriärer
Stadig mark
Skrivet i stjärnorna
Jul i Ridgewater

## Elitstyrkan Rescue Rangers

Räddad av en Ranger
  En Ranger återvänder
  Under täckmantel med en Ranger
  En Ranger mot världen
  Rangers Hetta (endast för nyhetsbrevsprenumeranter)

**Upptäck alla Shenanigans Press-utgivningar på vår webbplats(https://www.shenanigansp ress.com/se) !**


**Eller följ oss på sociala medier – vi finns på Facebook och Instagram (@Shenanigans-PressSvenska).**


**Och glöm inte att prenumerera på vårt nyhetsbrev för att få veta mer om nya släpp, erbjudanden, utlottningar och mycket mer!**